散文无界

+

树梢上的风景

张梅霞·著

山西出版传媒集团 北岳文艺出版社

图书在版编目(CIP)数据

树梢上的风景/张梅霞著．—太原：北岳文艺出版社，2017.2(2023.6重印)
ISBN 978-7-5378-5138-1

Ⅰ．①树… Ⅱ．①张… Ⅲ．①散文集—中国—当代 Ⅳ．①I267

中国版本图书馆CIP数据核字(2017)第026711号

书　　名　树梢上的风景
著　　者　张梅霞
责任编辑　赵　婷
书籍设计　张永文

出版发行　山西出版传媒集团・北岳文艺出版社
地　　址　山西省太原市并州南路57号
邮　　编　030012
电　　话　0351-5628696(太原发行部)
　　　　　0351-5628688(总编办公室)
传　　真　0351-5628680
经 销 商　新华书店
印刷装订　山西万佳印业有限公司

开　　本　787×1092　1/32
字　　数　110千字
印　　张　6.375
版　　次　2017年2月第1版
印　　次　2023年6月山西第2次印刷
书　　号　ISBN 978-7-5378-5138-1
定　　价　38.00元

序

赵学文

20世纪80年代前后，一句格言非常流行，学生们把它抄在本子上自我激励，写在作文里以示渊博；学校把它写在墙上，鼓舞学生。那还是改革开放初年，国家百废待兴，学生们兴致勃勃，意气风发，人们的精神风貌昂扬向上——那句格言就是：“宝剑锋从磨砺出，梅花香自苦寒来。”

梅霞嘱我为她的两本新书《爱你，爱人间烟火》《树梢上的风景》作序，苦思冥想数日，不知从何写起。因她名字中的“梅”字，我遂想起这句格言，一时觉得用来形容从20世纪八九十年代走过来的她，倒也异常贴切。

格言出自《警世贤文》，意思也并不深奥，寓意是要想拥有珍贵品质或美好才华，需要不断地努力、修炼，克服一定的困难才能达到。

梅霞出身运城临猗农家，自幼聪颖好学，初中毕业考取运城师范学院。毕业时正遇山西师范大学选拔，她在同级考生中又独拔头筹，得以入大学深造，真正是千里挑一的人才。我比她虚长几岁，不为同窗，因同为校友、系友，从与她相识之初就多一份亲近感。那是2005年前后吧，她已担任《小学生拼音报》（以下简称“小拼”）的总编了。当时“小拼”刚从运城迁到太原办公，组织了一次同行见面会，我们前去祝贺。那时梅霞三十几岁，年轻漂亮，温雅持重，她领导的小学生拼音报社工作也风生水起，享誉全国。作为同行，我暗暗称奇，由衷钦佩。

想来世事巧合。几年后报刊管办改革，“小拼”竟并入我们三晋报刊传媒集团，我与梅霞也由同行变为同事，在董事会里我们常常一起共谋事业发展。这时的“小拼”发行突破百万，效益显著且质量上乘，被国家新闻出版总署评为全国唯一一份“零差错教辅报”；梅霞个人也荣获了“山西省劳动模范”等荣誉称号，并当选为中国少年儿童报刊协会副会长等职务。

看看梅霞走过的路，一路鲜花掌声，但个中苦辛作为同道中人深能体恤。把一张少儿报纸办成品牌，梅霞作为总编付出了多少个不眠之夜，做了多少细致入微的沟通管理协调工作，这都是常人难以想象的。把一张少儿报纸每期卖出百万，在众多少儿报刊的竞争中立于不败之地，梅霞作为一把手跑过多少腿，磨过多少嘴，这也是常人难以想象的。梅霞作为一名女性，付出了超常的努力。如果把梅霞比作一把宝剑，这把锋利的宝剑实在是经过了不懈的磨砺；如果把梅霞比作梅花，这支馨香的梅花必然是开放在百花畏惧的寒冬里。

如果不是梅霞让我为她的书写序，如果不是拜读她的书稿，我对梅霞的了解也就仅止于此了。读了书稿，我在感动之余方才醒悟，我之前所知道的梅霞仅仅是公众视野下的梅霞，她的喜怒哀乐，她的爱恨情仇，她的荣耀梦想，是一座浮着的冰山，她内心所珍视的，原来一直都隐藏在水面之下的深处。我也领悟到要理解一名文化女性，只有读她的文字，才能听到她真正的倾诉。

《爱你，爱人间烟火》《树梢上的风景》是两本书。前者是梅霞的亲情随笔，后者是梅霞的人生感悟。过了天命之年，我愈来愈喜欢看回忆录尤其是家族史之类的文字，喜欢看父辈的故事，祖辈、祖祖辈辈的故事……梅霞作为女性，对家族故事的关注有一份特别的热心。她把从父辈处听来的祖辈的故事做了生动的记述，传承了家族的记忆，将那个兵荒马乱的年代晋南一家人的悲苦命运展示给了读者。家族记忆就是民族记忆，从前人的不幸中体悟生命之可贵、生活之艰辛，也可算是为文之本吧。

当父母离世，做儿女的只有在梦中才能依稀见到他们的身影，他们对儿女的那份呵护，也如锥一样刺痛着我们的心灵。作为女儿的梅霞在怀念自己的父亲时真正感到了父爱如山。她是父亲的心头肉，父亲宠她、护她，她也敬他、恋他。她在父亲身上悟到爱的真理。在《宠爱》一文的结尾，梅霞写道："后来她长大了，不知道该怎样把心掏给一个人，好让他来爱自己。有一天从梦中醒来，她突然大彻大悟：这个人不知道自己喜欢吃什么，从来不留好吃的给自己，从来没有像他那样尽己所能满足她的要求。她想，他那样宠我，不想我受丁点儿委屈，我为什么要为一个可以不相干的人折磨我呢？他如果知道了，一定会心疼坏的。从那天起，她轻轻松松地放下了那个人。"读到这段话，我被深深地触动了。所谓天下女儿心，其实就是以父亲之爱衡量男性之爱，而那些不省世事的愣头青男孩们又有多少能如此体味一个女孩子的爱情。这是一段爱情的箴言。记住，要赢得爱情，男生们就要能给女生可依靠的臂膀和无微不至的关怀。

梅霞写母亲的文字同样感人。她写母亲的整洁、要强、忍耐、劳作、仁慈，写母亲就是自己避风的港湾。天下母亲最无私，母亲为女儿敬佛拜佛，实际上她就是女儿心中的佛。她的母亲虽然没什么文化，但有慈悲宽恕心肠。当曾经伤害过自己家的女人遇到丧子之痛，有人劝母亲数落出气，她却说：“世界上哪有报应呢？我一辈子不说过头话，不做过头事，还不是吃了很多苦？将心比心，我知道人家没有孩子，心理受症哩，何必呢？”这个普通母亲不以怨报怨而是痛人之痛，这种胸襟无疑为女儿做了为人处世的最好示范。

在女性承担的各种社会角色中，母亲是最天性的角色。鲁迅有言：“女人的天性中有母性，有女儿性，无妻性。”可谓一语中的。梅霞的文字印证了她作为母亲的那份舍己之爱。一位女同事刚刚当了妈妈时，写了一句话：我要放下所有对社会曾经的不满意，我要与世界和解，为了女儿的未来。梅霞也因为有了儿子更爱这个世界。《爱你，爱人间烟火》是一册书的书名，也是亲情随笔中关于儿子的一篇文章。再看几篇文章：《我的幸福，就是看到你的笑》《谁的牵挂谁知道》《注视也是一种温暖》《妈妈，我来保护你》《草还会长出，孩子不会再来》，从这些标题我们完全可以窥见作为母亲的梅霞的牵挂和爱恋，由此都暗暗羡慕女性了，做妈妈真好。

《树梢上的风景》所写内容更为丰富，有生活感悟，有行走笔记，有人生思考。这是从梅霞平时写作的文章中精选出来的，一篇一个视点，境界开阔，角度独到。我们可以从多个侧面了解她的所爱所思所想。这是她的人生体悟，对读到文章的人也会大有裨益。

从文章的写作方法来看，梅霞的为文正如她的为人，文如其人是也。梅霞为人不急不躁，为文也优雅、细腻。她以女性独有的敏感和细腻，把生活中点点滴滴的感受娓娓道来，感情也曾翻江倒海，叙述却是流水潺潺。这份优雅来自生活的磨砺，也来自良好的文学修养。

梅霞是报刊系统出了名的读书人。她的阅读有广度也有深度。她在传统文化经典中下过笨功夫，背《论语》，背《诗经》，经典是她优美文字的源头。她的文字纯粹、清晰，表达准确生动，不矫饰，不漂浮，字字掷地有声。读她的文章是一种享受。

一位女性，做好女儿、妻子、母亲、领导，业余还能写出许多可谓佳作的文字，除了文学的天分，更在勤奋积累。回到开头的话，梅霞在文学上的收获也正应了那句格言：宝剑锋从磨砺出，梅花香自苦寒来。

2016年岁末

目录一

昙花谕

总记得那样一个夜晚，临睡前去院子里关门，忽然觉得异香扑鼻，心里头诧异，便提了手电筒，在院子里四处照射，希望能找到这异香的源头，然终无结果。于是就揣度着，会不会是那邻院的芬芳翻墙而过？不过，噙了那清新的异香和轻轻的诧异，那晚的睡眠竟别样地香甜。早晨打扫庭院，心里还有昨夜的诧异在跳动，蓦地发现，在院子的一个角落里，一堆乱七八糟的枝不枝叶不叶的绿色带状物的下面，躺着一个硕大的落花。它闭合的花瓣是洁白的，而丝丝缕缕的花萼是淡淡的粉色。因了昨夜的小雨，它湿漉漉地躺在院角的瓦砾中，煞是让人心疼。我的心莫名开始抖动。莫不是这破旧的小院里昨夜玉临过仙子，她在黎明时遽然离去，仓皇间将罗衣丢落在这里？而我，因了混沌与麻木，竟错过了这样难得的相遇。

冗长的日子宛如永远睡不踏实又难以清醒的夏日午后，让人困顿而乏味。神话不会降临，生活得一天天继续。要搬家了，除了那盆枝不枝叶不叶的植物，那个小院里的其他东西，我一概没有搬走。

给它换了一个大盆，放在阳台上。过了一个冬天，春天再来的时候，我长旅归来，竟然发现它疯长了许多，一些枝条竟然可以触到阳台顶上。然而除了高，似乎也没有什么了。给那些日日绚烂开着的海棠和虎刺梅浇水时，也给它浇上一些。好像已经遗忘那个晚上的那缕异香，我不知道这盆越来越占地方的家伙，到底有什么好。

五一假期的一个晚上，临睡前去关阳台上的窗户，忽然觉得一股似曾相识的异香又飘然而至。打开灯，一大朵洁白的花朵盛开在眼前。一声惊叫，家里人都围将上来。只见它着白衣，披粉裙，黄蕊娇，白蕊俏，雍容华贵，飘逸绝伦。阵阵幽香沁人心脾，让人心情为之一振，浑身的困乏一扫而光。明明知道，它的美很短暂，这会儿，心里也是满满的欢喜，不舍得有一点儿点忧伤。

原以为错过的美丽，竟然还可以如彩排过一样重现。看来冥冥中的缘，不是那么轻易离去。多么庆幸当初没有舍弃那枝不枝叶不叶的东西，才不会错过今晚的惊艳。人生纵然平淡如水，有这样的刹那能与美好交集，不正是我们日日修夜夜渡才得来的福报吗?

生活就像厚厚的一大本书，别开生面的情节往往掩埋在大段大段枯燥的叙说之中。我们要怎样翻阅，才既不会错过童话，又不会耗干自己？昙花一现宛如神谕，让我对庸常的日子平添欢喜之情。

早晨起来再去阳台，昨夜的可人儿已俯首垂颈，静静酣睡。而那些修长叶条的锯齿间，有许多大小不一的芽苞。看来，这个夏天，将会有许多个美丽的夜晚如约而至。

爱　花

我想世上文人与女子，鲜有不爱花的。我就是这爱花族中的一员，爱院子里淡粉的杏花，火红的榴花，雪白的梨花，紫色的泡桐花和蓝星星一般的苦楝花。我爱它们，从蒙昧的童年到现在。

和爱人初恋时，他远在贫困山区的家成了母亲最大的顾虑，可这却偏偏促成我们俩拉锯般地谈了好几年“朋友”。一个春日，他带我去他家。一上山，我便意乱神迷。满山遍野，真像秦观词里写到的那样：“桃花香，杏花香，浅白深红，一一斗新妆。”一时间，觉得藏于那烟柳与竹篱后面的窑洞，也有一番天然的野趣和朴素的美丽。我不由自主地爱上了这个小山村，这个满院芬芳的农家。后来，爱人对我说，他深知我爱花如痴，所以才挑了这样的季节。

年龄渐长，见识日多，才发现自己以前所爱的花大多是一些乡野之花。严格来说，这些花只是树木结实的器官，并不是那些专供人观赏的鲜花。但我并不因此而自愧鄙俗，反认为这些花比那些专门“以色事人”的鲜花，更多一份让人尊敬的平实。

熟读古诗词无数，许多名句烂熟于心。在无以计数的吟花句中，最爱的只有四句：宋人曹组的“着意闻时不肯香，香在无心处”，写出了兰的清高、淡雅、不趋俗；宋人郑思肖的“宁可枝头抱香死，何曾吹落北风中”，写出了菊的铁骨铮铮，满纸忠愤；唐人李颀的“从来不著水，清洁本因心”，写出了荷高洁纯美的品性；十八岁生日时，男朋友画了一幅梅花，并题了陆游的“零落成泥碾作尘，只有香如故”，这一句写尽了梅花的坚贞和超拔。新家落成时，我在书房里留了一面墙，等碰上善书的朋友写了这些句子挂上去。一时觅不着，也就让它先空着。

在我的周围，鲜花很少见到，也消费不起，因此，我便越发爱花。今生，似乎还无人送花给我，然而有机会，我是要送花给人的。我认为花比任何礼物更能代表送花者的美意。况且，谢了随手一扔，既不占地方，又不必时时让人看到想起。去年冬天，我去拜访一位长者。在寒凄凄的夜里，我平生第一次怀抱满满一篮子鲜花来到他门前。那是真正的鲜花，红的康乃馨，白的百合，黄的菊花，紫的勿忘我……

我低下头，一朵一朵地嗅了个仔细。虽然这么美丽、这么清香的花要送人，我的心情还是格外好。我希望这花能给我所尊重的人带来快乐。

然而，他不在，我吃了闭门羹。门里人说："对不起，我不能给你开门，我们这儿很乱。"

门外人说："我坐了一天一夜的火车才到这儿，住的地方又很远，来一次不容易，我说几句话就走。"

门里人说："我真的不能开门。前几天，我们这儿有一家听见叫门，打开门，上来几个强盗，把家给洗了。"

长长的沉寂。门外人开始抹眼泪。这么贵的费尽心思挑的花，怎么拿回去？

门外人又敲门："阿姨，您不用开门了。我给你们带来一篮鲜花，放在门口，您一会儿拿回去，祝你们健康幸福！"说完，泪如雨下，哽咽着跑下了楼。

在楼与楼的丛林中游走，迷失，找不到方向。恐惧、委屈，眼泪一次又一次堵塞鼻孔。在这个黑暗凄冷的夜里，家家屋里温暖光明。可是，有一个孤旅的女子找不到一个指路的人。还有一篮被拒绝的鲜花，放在紧锁着的防盗门外。这是我第一次送花的经历。

今夏，我有机会到昆明出差。那是真正的春城，到处绿草如茵，繁花似锦。这儿鲜花特别多，也特别便宜，五角钱可以买到十枝康乃馨，最贵的香水百合也不过六元一枝。照这样算来，“999朵玫瑰”完全可以不只是一种传说，一种浪漫的想象。更让我惊奇的是，这儿的鲜花不像北方的大城市里那样只在鲜花店里卖，在每个菜市场门口，都有花农背了一篓一篓，推了一车一车的花在卖。在这儿，鲜花显得民间而烟火，随处可以见到人们一手提着菜，一手拿着大把鲜花。在春城，鲜花不再是奢侈的高消费品，它像饭菜饱人肠胃一样，满足人们爱美的愿望，日日在普通人家的案头悄然开放。

我有生以来第一次买了鲜花送给自己。一元钱，一大把红的黄的康乃馨，用瓶子插了，放在床头。过了一晚，慢慢开放了，有淡淡的清香，似真似幻，看得我满心欢喜。活得有滋有味有情调一点儿，在春城变得如此简单。

我爱花，也就起于“爱”又止于“爱”而已，并无养花的经历。我怕因了繁忙而粗心，使我所钟爱的花受到我的怠慢与伤害。我有一个理论：爱花未必要养花。花农天天侍弄鲜花，哪个不是为了钞票；而能用大把钞票买花的人，又有几个真正懂花、惜花呢？

养　物

实在找不到更恰当的词来概括我要说的内容了。我所说的“养物”，指的是饲养动物和栽培花草。想想自己也不是那么没有情调的人，中文本科毕业，风花雪月的文章也写了不少，对月徘徊、见花落泪的事儿也做过一些，可就是培养不起养物的兴致来。

记得小时候，家里是养过一些东西的。养猪是为了卖钱，养鸡是为了下蛋，养驴是为了拉车耕田。就是院里栽的那几棵桐树，也是为了给姐姐们打制嫁妆。后来，哥哥姐姐弃农经商，老爸老妈安享晚年，家里基本就什么也不养了，因为什么也不用养了。当然，这种“养”不是我要说的“养”。在这里，我感觉到由于认识上的狭隘导致了我表述上的困难。我历来认为，出于生计的“养”和出于兴趣的“养”是有本质区别的。可是，说到这里我发现，它们都是有目的的，有目的的和功利性的其实是一样的。说到底也就是，不论养甚，都是为了人本身。所以，这就很难区分两种

“养”的俗雅了。猎人把狗看作他的朋友，有钱的先生太太把他的宠物当作他的一份家产，究竟谁的感情更深厚纯洁呢？恐怕真不好说。

有朋友好养物，什么贝贝狗莉莉猫的，前呼后拥，左环右抱，看上去特有生活气息和人情味，我也非常羡慕人家。可是，在我的“围城”里，我始终坚持什么也不养。原因很多，房子小得不够人住，钱少得不够人花，时间少得不够人用。除了养人，就是养文，别的我们一概不养。

搬家了，有了阳台，先生就在阳台上摆了一些大大小小的花盆。但凡能搜集到的籽儿，他都往进撒。下班回来，不看老婆孩子，先奔阳台上看望那些小朋友。可是，两年了，我还是没看出他有什么“战果”来。花岂是那么好养的？花种花肥花泥，都有特别讲究。刮风下雨随时要搬进搬出，更别说逢两口子都出差或回老家休假。噢，对了，成绩是有一些的，每年都有一苗葫芦伶仃地开出几朵小花来。到了秋天，锈迹斑斑的阳台护栏上，吊着两三个小得不能再小的葫芦，看得我的心酸酸涩涩的，仿佛看到自己背离乡土的灵魂，在城市的角落里蔫不拉唧地活着。花如此难养，我借机敲打先生，美的事物都是需要人敬而远之的，十个男人九个花，剩你一个算你伟大。

儿子会满地里跑了，就常常弄回一些有生命的东西来折磨他的母亲。先是楼下生物老师给了一盆小鱼虾，刚来时倒是蛮可爱，一个个在洗脸盆里蹿过来蹿过去，像一些活跃而浮躁的灵魂。不知道是欢跳还是挣扎，有一些还跃出了盆沿，在地上打挺儿，逗得儿子咯咯大笑。儿子也富有爱心，只要是他喜欢吃的，统统掰碎了往进扔。不出两天，一盆小鱼虾全漂在了水面上。没有办法，只有忍痛倒掉。爱之过甚或爱而不当，实实是一种戕害。

最可怜的是那只小螃蟹。朋友从很远的山上的溪水中捉回，养了二十多天，活得还挺欢实。见儿子喜爱，就放在一个透明的饼干盒里，送了过来。刚开始儿子挺尽心，一天给它换几次水，我们也就不大照护。后来发现，儿子好几天也不给它换水了，先生就赶紧把这个任务承揽了过来。儿子的朋友来了，四五个小脑瓜儿凑在那个小盒子周围，每人手上一支小棍儿，你捅一下，他捅一下。小家伙就从这边爬到那边，又从那边爬到这边，疲于奔命。儿子和朋友们就哈哈大笑。一番玩弄之后，开始奉献爱心，你撒一些方便面调料，他倒一些面包渣。一会儿，小家伙的周围就一片混沌了，浑身上下也五颜六色的，像个演杂技的小丑。过了些日子，小家伙变得干枯而呆板，常常趴在那儿一动不动，任你怎么拨弄也无济于事，以至于很难把它和那几块石头分开。孩子们也不再对它感兴趣，它慢慢被遗忘了。有一段时间，我晚上总是失眠。睡到半夜，常会听到哧啦哧啦的响声。怀疑是老鼠，可又找不见。后来，发现是小家伙在爬饼干盒。爬上一截，掉下来，再爬，再掉，如此反复不已。我知道，这是小家伙在为自由做艰苦卓绝的努力。也许，它在怀念那清澈见底的溪流；也许，它在怀念那霸道而友好的伙伴；也许，它只是要摆脱那些无常袭来的纷扰，摆脱污浊的水和食物。那哧啦哧啦的响声，弄得我心惊肉跳。小家伙不会呐喊，不会痛哭，甚至没有表情——没有人知道它的喜怒哀乐。可是，它毕竟是有生命的。如果是人，在这样屈辱孤独而憋闷的环境中，早该发疯或者自绝。可是小家伙，有谁知道它的精神状态呢？我想，在一些自然灾害或灾难面前，上帝往往是一只巨手，随时会拨弄我们的躯体，予取欢乐和悲苦，而我们只能束手就擒毫无办法。为所欲为的人啊，只不过是大自然轮回链中的一环。

后来在我们回乡下休了一次假之后，小螃蟹莫名地失踪了。在家里，再也找不到那个透明的饼干盒，再也听不到那哧啦哧啦的响声。儿子也不再把它提起。一个小生命在我们家存在了一段时间以后去了，谁也没有表现出什么特别的伤心，而我至今仍在深深地自责。

生活中有许多生命需要我们善待。如果我们不能全力去爱，不能精心去呵护，那么，请不要让它们走进我们的生活。或者说，请不要随便走进它们的生活。这，就是我对于养物的看法。

读　雨

秋天里独爱雨，不仅爱，而且常常把雨当作文字来读。

春天里的雨像一首朦胧诗，缠缠绵绵的是写不尽的少年梦幻；夏天里的雨是一出戏剧的高潮部分，金戈铁马、跌宕起伏的是男子汉的乐章；秋天里的雨则像一篇散文，挥洒出的是生命荡尽尘埃的底色。

爱雨始于孩提时。只要一下雨，便会穿上小雨鞋，神气地在水中噼噼啪啪地跑，直到把雨鞋里灌满水，心中才会忐忑起来。回到家，往热腾腾的灶台前一坐，母亲便会从灰里拨拉出一截烧熟的玉米棒什么的递过来，顷刻间小手小脸便灰乎乎的了。院里飘满轻烟与饭香，水中映着树木亭亭的身姿，檐雨滴滴答答地落着……这一切分明是昨天才写就的，可是，今天，雨中撑着小花伞奔跑的却是天真烂漫的小侄女儿，灶前坐着的是为人妻母多年已粗了腰身的姐姐。母亲呢，母亲大约是在拈着白发，计算小女的归期了。斗转星移、春秋代序竟是如此迅忽，而我却还是一个被母亲望穿双眼的旅人。秋雨的主题是怀乡，默读一遍让人泪落一遍。

“竹坞无尘水槛清，相思迢递隔重城，秋阴不散霜飞晚，留得残荷听雨声。”伤情不管残荷事，一条空阶、一窗垂柳、一枕孤寂，照样享有听雨的心境。独步天涯如许年，檐雨敲响空阶时，总会想起分别前的那一个夜晚，撑起一柄油纸伞的帆，他的臂弯宛若不乏之舟，我就在这样的帆下舟中晃动，感受他辽阔如海的挚爱。如今雨雾相隔了一切，但我知道，此刻他小窗前为我点燃的那盏灯，依然在照亮着我归去时必经的小路。

不单是羁旅的日子里痴迷于雨的境界，秋雨一下起来，淅淅沥沥好多天，那份执着那份忘情叫人好感动。凭窗而立抑或步入雨中，你会进入一个宋词的世界。或者就哪儿也不去，独拥一床薄衾，让雨声轻轻敲击耳膜，就像听一首节律简单却韵味深长的曲子。渐渐地，心柔软温润起来，像新茗一样氤氲不能形容。这时，真实与梦幻失去层次感，久远的往事接踵而来，而困惑挣扎了许久不得解脱的问题又不见了踪影，那份感觉只能用一句话来形容：读雨，是一种奢侈的精神享受。

只要血未冷，心未硬，读雨便是不可改变的嗜好了。

望星空

好多年没有看星星的习惯了。今夜睡觉前来到院里，不经意间抬起头，猛然看见头顶繁星满天。细细一看，北斗星在院子的上空，悄然横放。还没有到夏天，银河似乎还不明显。但是我相信，如果再过两个月，在我家的院子里，抬头还是能够看到牵牛星和织女星的。

我知道星移斗转，一切已经物非人非。小时候晚上在院子里乘凉，父亲总会手拿蒲扇，一颗一颗耐心地教我认星星。记忆中父亲总是含笑的，轻声慢语的。那时候天空中晶亮晶亮的星星似乎特别多，一颗一颗银光闪闪，好似刚从水中打捞出来一样。父亲会对着星星，给我讲许多美丽的传说。而我对父亲讲的故事，总是深信不疑的。七夕夜深时，我甚至会偷藏在葡萄架下，想偷听牛郎织女在耳语些什么。我不知道经历了一年长长的别离，一个晚上的短暂相聚，能够让他们诉说些什么。我听过好多次，总是没有听到。我听到了草丛中啾啾的虫鸣，听到了田野里阵阵的蛙声，听到了风在树梢上游戏，可是，我没有听到他们的话语，也没有听到他们的哭泣。我那时总是想，那么大的北斗星，能够用来盛好多好多的东西吧？为什么牛郎不用北斗星，把银河里的水舀光？这样织女就不会再离开他，他也就不用又当爹又当娘的了。

现在仰望星空的时候，星星似乎没有那么稠密了，虽然它们还是那么温情脉脉的，像那些从来没有停止过注视我的眼睛。院子里异常空旷，除了水泥的地面和瓷砖的墙面，就再也没有什么了。那棵亭亭如盖的苦楝树呢？那些茂盛的总会从树叶上掉下肥大的虫子的梧桐树呢？那棵五月天里花红似火的石榴树呢？那棵麦收时节结满金黄果子的杏树呢？那棵仲秋里挂满红灯笼似的甜枣的大枣树呢？而总是含笑的轻声慢语的父亲，已经变成了正房墙上一张薄薄的相片。静寂的院子里听不到虫嘶鸟鸣，只有邻家电视里传来的眉户戏的唱腔还在告诉我，这还是生我养我的那个地方。

那些不甚明亮的星星，让我想起好多好多小时候的事情。

我想起三姐早夭后，母亲身体和精神一度处于被摧毁的状态；我想起二姐生的女儿，一个一个被送人；我想起父亲躺在医院的病床上，昏迷不醒；我想起我用僵直的腿，一下一下学走路；我想起哥哥被坏人所害，一家人一筹不展；我想起二姐脑出血，突然间就变成了一个病人……老天爷似乎给我们布置了一道又一道难题。可是，我又想起，孩子们不是一个一个长大成人了吗？母亲不是依然是村里被人羡慕的有福气的老太太吗？年节里，家里不照样是欢声笑语喜气洋洋吗？我在受到剧烈冲撞后不还是和心爱的人徜徉在开满鲜花的田野上吗？

一切苦难都会过去，昨天的风风雨雨，阻挡不了今天的阳光。快乐和幸福还是会如约而来。也许一个亲人离开了我们，就会成为头顶一颗闪亮的星星，护佑我们渡过一个又一个难关。所以，在我们匆匆疾行时，忧郁苦闷时，一定要给自己一定的时间，抬起头来，遥望星空，和我们的心灵进行一次静谧的约会。

彩　虹

那是上个星期六，我在太原开完会准备返回运城时，已经是下午四点钟了。车子出城时，突然一阵大风，紧接着大雨噼里啪啦下了起来。因为第二天全省的语言文字工作会议要报到，所以不可能取消回去的计划。看着车前面的挡风玻璃变成了水帘，我心里有些嘀咕，但是没有说什么，像往常一样，把身子一歪，很快就迷糊了。

在蒙蒙眬眬之中，我听到急促的雨点打到车玻璃上的啪啪声，听到很响的车轮在水中疾驰而过发出的唰唰声。我想叮嘱司机，如果雨太大，可以把车子停在路边休息一会儿，等雨小些再走。可是我实在太困了，说不出来。

就这样，不知过了多久，我清醒了，看到雨已经小了好多。窗外看起来潮湿阴暗。又走了一会儿，可能快到蒲县了吧，我看到雨停了，周围明朗起来，将坠的太阳斜斜地挂着，在云层中时隐时现。就在我把头转向东边时，我的心猛一跳，几乎不相信自己的眼睛似的叫了一声："彩虹！"

是的，是彩虹。半截彩虹挂在东南角的天空中，磅礴大气，美得炫目。接着，我们又在东北角看到了半截。这两截没有连起来，它们之间，是飘荡翻卷的浮云。司机把车子停在了路边，路上其他的车有几辆也停了下来。大家走出车子，仰头看着天空。我想他们的心中，一定像我们一样，充满了惊喜和仰慕。尽管我们看到的是一座"断桥"，但是，这样的惊艳毕竟是惊心动魄的。

车子又往前行了，彩虹就在我们身边，陪着我们一同前行。这时候，山峦看起来矮小卑微，天空看起来低沉静寂，东边的树木看起来青翠欲滴，西边的树木则成了一道浓重的剪影。大自然这时候上演一出史诗般的大戏，而彩虹就是那独一无二的无比尊贵的主角。而我们这些观众呢，心里除了骄傲，就是满足的叹息。

我想不起以前什么时候还看见过彩虹。

在家乡的田野里，年少的我曾经在暴雨即将来临时，在打着呼哨的狂风和豆大的雨点夹击下，飞快地跑回家；我曾在大雨过后走在松软湿热的田埂上，嗅着庄稼浓郁的甜香，寻找我丢失在瓜蔓下的书本；曾经在雨中坐在哥哥的马车后，走街串巷卖青菜……可是，也许是离开田野的时间太久了，也许是风雨兼程的日子太少了，也许是天空一年不如一年纯净了，我想不起来，我觉得有些难堪地使劲回想，也回想不起我以前什么时候看见过彩虹！

那就把今天的彩虹，当作我今生第一次看到的彩虹吧。因为看见彩虹，也是需要机遇的。就像这次，如果不是在下午出发，如果不是在雨中赶路，如果不是非在今天赶回不可，我可能又一次和彩虹错过。

人生很多时刻就像大雨中行车，不得已之中，往往会有意料之外的收获。在风雨之中走到你身边的人，就像彩虹，应当用一生的时间把他记忆。

树梢上的风景

我是这条路上的常客。工作性质决定了我每两周就要在这条路上往返一次。每次都是千里之行。我常常躺在车的后座上，挨过疲惫而漫长的几个小时。不是什么时候都能以睡觉来打发时间的。更多的时候，我默默地将视线投向窗外，这样，无一例外地，每次我能看到的，都是沿路之上那些树梢的风景。

我看到最多的，是那些枝叶茂密的树梢。它们一排排的，整整齐齐地飞快奔向后方，像那些疾驰而过的岁月，让我们来不及定睛就已远去。也像蒙太奇的电影镜头，跳跃着，如梦似幻，飞越而过。虽然它们无数次出现在我的眼前，但每一次，我都有一种惊异的感觉。我感觉到那些厚密的树梢，就像是在专门列队等候我们。我常常弄不清，是我在看窗外的它们，还是它们在看窗内的我。是我在见证它们的岁月，还是它们在巡视我的生命。它们虽然在无声地移动，但我常常听得到那哗哗哗的巨响，那不是风的声音，那是一条河的声音。

有一个困扰了我好长时间的问题，是树下面的叶子先长出来，还是树梢上的叶子先长出来？我问过身边好多的人，他们都不能确定。这更加加重了我的好奇。我因此更加留心窗外的那些树。

在那些春寒料峭的日子里，我看到树梢上零零星星的叶子钻出来了，像一些惊惊乍乍的小鸟，扑腾起鹅黄色的羽翼，想要试着飞离枝头。每一棵树上都只有很少的那么一些，可是它们确实站得很高，让我总是担心它们会掉落下来。不过，我又安慰自己，掉落下来也没有什么，它们带着翅膀呢。

在深秋大面积撤离的日子里，我又看到树梢上站立着零零星星的叶子。它们披着寒霜镀予的金色或者赭红的颜色，骄傲地环顾着旷远而清寒的原野。它们在风中抖动着、跳跃着。我知道在距离它们很高的树下，已经厚厚地躺着一层又一层的落叶。那是它们的必然归宿。可是它们视而不见，依旧喧闹而安详，坚守着冬天里最后的一线生机。

我问母亲，树从根部吸取营养，为什么树顶的叶子先长出来，又最后落下去？母亲笑了，说，大概是因为它们离太阳近吧。我问研究生物的朋友，他们说，树根部的营养，通过主管道，先输送到树顶，然后再往下面的枝条上一级一级输送。

我恍然大悟。树梢上的叶子遭受风吹日晒雨打的机会要多得多，可是它们的生存能力最强，生命最长久，那是因为它们优先享受了更多的资源啊。反过来说，它们优先占有了很多的资源，所以它们有责任承担起最长久的坚持呀。

只想做你的一只留鸟

当车子在高速路上奔跑时，我习惯躺在后座上，看窗外的风景。在蓬勃的夏季里，我看到的最多的，就是车窗外绿墙一般的树木。可是到了肃杀的冬季，那些树木全部褪尽了叶子，只留下光秃秃的枝条，赤裸裸地刺向青灰的天空。即便是行走千里，我看到的，也是同样的寂寥的景致。

可是前几天的那个傍晚，当毫无二致的旅程快要结束，我从后座上起身的刹那，一种景象飞矢一般射中了我，让我几乎不能动弹，不能呼吸。我的泪，差一点儿就弹落下来。

我看到那些光秃秃的枝条，在夕阳的余晖里，有一种摄人心魄的金色美丽。那疏朗的姿态、暖暖的色调，真的是可以入诗入画。说入诗，那真的是长短句、小令、五言七言都能摹其神态；说入画，那确实是速写、工笔、写意均能绘其风骨。

然而，就是在这样的一副近乎完美的景色中，我看到好多树上都有一个黑乎乎的东西。我稍一思考，明白那是一个个鸟窝。在夏季茂密的树木中，这些鸟窝被完全隐蔽了。这会儿，它们毫无遮拦地暴露在原野上，抢眼夺目。

在夕阳的金辉里，这些黑乎乎的似乎要破坏画面的鸟窝，让我心中一暖。那一个又一个的鸟窝，就是鸟儿一个又一个的家啊。有些高大的树上，竟然有好几个，俨然一个小村落。有些粗壮的枝杈上，也有两三个的，我马上想，那是鸟儿们也住上了楼房。

这是一个个怎样的家啊？由无到有，由小到大。风霜打，雨雪击，破了再补，坏了再修。不管繁华，不管凋零，一心一意，坚守不移。

这是一个个怎样的家啊？巢居而不妄飞，只是因为把绵密的亲情已经织进了那些寻常的枯枝败叶。

一只黑翼鸟儿啾啾叫着，从远处飞来，扑向一个黑乎乎的鸟窝。

在这样一个夕阳将坠的傍晚，我突然对留鸟这一群体产生了一种深切的敬意。

在寂寥清寒的原野上，做一只留鸟，那是怎样一件平凡而美丽的事情啊。

漂泊流徙，辗转往返若干年，今天，今天在这个暮霭沉沉的傍晚，我真的只想做你的一只留鸟啊。

夏日居家小记

生在农家，长在田园，心中便有一种掰扯不断的恋土情结。当初选择现在这个工作单位，一图的是出差机会较多，可以天南海北地跑；二图的是每年夏天有几十天的暑假，可以长长地在家住些日子。

城里那套二居室在我的印象中，只是“两个人的车站”。只有农村这个有老父、有老母、有兄姊侄女一大堆亲人的娘家，才是我真正意义的家。回到家，没有电话铃响，没有敲门声起（来人都不是找自己的），没有留言条，也没有记事本上的一二三四，心里有说不出的轻松和舒坦。陶渊明诗云：“息交游闲业，卧起弄书琴。”琴是不会弄的，书却不可一日不读。有了整块的时间，像鱼归大海，像久旱逢甘霖，像饥饿的人遇见了面包，像常年差旅在外的人回到了爱人身边……这种享受真是用任何赏心乐事比喻都不恰当的。李清照说“枕上诗书闲处好”，这种“好”，唯你是一个爱读书的人，才会理解。

每日里不必涂脂抹粉，不必衣衫整洁，不必站坐有姿。坐着读好，圈、点、删、录，忘情处，还可以击节拍案；躺着读亦好，陈村名言：“站着做人，躺着读书。”闲适洞达，不着杂念；如厕也读，书中自有芳香扑鼻，邪不压正，臭不蔽香，污浊之气自然远矣。不知何时月上柳梢头，不知何时已夜阑人静，于是乎倒头便睡，睡梦亦甜——“三更有梦书当枕，千里怀人月在峰”。

母亲当然不知读书是一种享受，只当是一种苦役，不明白读了十六年书，饭碗读到手了，还那么苦地读书干啥。既怕累了身子，又怕伤了眼睛。在没电的晚上是不许在房间里点上蜡烛读书的，说是怕招惹蚊虫。心中知道老人家疼女儿，便不再执拗，于是搬了板凳和家人邻里围坐门前乘凉，听着他们家长里短地唠。村言俚语，民风乡情，自是另外一种可“读”的境界。说到风行一时的“渗灌”，村人讥曰：“说是水塔没有水管儿，说是炮楼没有炮眼儿，说是楼房没有楼板儿。干部为的是参观，群众为的是卖砖。”这样辛辣犀利而又活泼诙谐的文字，岂是哪一个书斋文人写得出来的？疏星朗月，耿耿河汉，清风送来庄稼醉人的气息，远处蛙鼓，近处虫鸣，间有萤火虫星星点点地飞舞。此种情景，在人称“钢筋水泥丛林”的城市里，无论如何是找寻不到的。

在清凉的早上，有时也去地里干一会儿活。在一眼望不到边的辽阔田野上，初阳像刚从水里冲洗过似的，显得那样大，那样红，那样圆。玉米、大豆、棉花，在阳光下显出不同层次的绿，却都鲜嫩可爱，生机勃勃。喇叭花儿在地头路旁绕树而生，让人倍觉野趣迷人。天气热起来了，到井边小坐，把脚泡进清凉的水池中，立刻觉得神清气爽，暑热顿消。喝久了漂白粉消过毒的自来水，从泵口捧一掬清冽甘甜的井水，真是“水不醉人人自醉”。收工的村人路过，你给一把豆角，他给三五个茄子，不要不行，都是自家田里的。民风淳于斯，沁人心脾。

家居的日子如此悠闲而淡泊，叫我怎能不乐不思返？在归去来的当儿，我常常弄不清到底往何处是“去”，往何处是“归”。近日读陶稀译著《静心》（印度奥修著），感慨颇多。陶先生在译者手记中说：“在翻译和静心的过程中，我仿佛一直听见一个千古的回声在召唤着：‘回家吧！’——它是大海对一滴水的呼唤，这呼唤令我常常感动不已，如同一个孤独的、找不到家的孩子，突然间听到了妈妈的呼唤，突然间发现了回家的路……”我想在这个世界上，唯有回家可比静心，也唯有静心可比回家。

偷 闲

职业女性大约都会有几年忙碌不堪的日子。像我现在这样，老是觉得时间不够用。编稿的任务雷打不动；要出的差必须出；校样一张张跟在身后；桌上一摞摞要复的信像一张张候我赴约的面孔；柜子里尘封的书籍日日提醒我莫作一个背信弃义的情人；知心的朋友断了往来，只好自嘲是“淡得连水都没有了的君子之交”；白发父母掐着手指算着小女探家的归期；家中一日三餐要侍弄；小儿（才两岁）一天两身的脏衣服要洗，上幼儿园带的水果也必须为他亲手削了皮用食品袋装好放进书包里。诸此种种事必躬亲，就不要谈什么休闲娱乐对镜贴花黄之类的事了。

上学时仗着青春身健，不识人生之苦，忙了累了，便妄言“真想大病一场”，觉得只有卧床，才可以倒下来休息，也才可以在病榻上“与书共眠”，体会“枕上诗书闲处好，门前风景雨来佳”的妙处。刚一毕业，病倒是来了，不想却是眼病，几欲失明，书自然是看不成的了。过了几个月心灵与眼睛双重闭塞的日子，差点没神经。参加工作后，忙了累了，又戏说：“什么时候才能退休？”说到退休也不是很容易，算算也还有三十多年的工夫，比过去的岁月还要长。况且，三十多年，期间要发生多少事！谁又能保证自己在退休之后还有能力做自己想做的事？一位很有名气的作家，因社会性工作太多，有许多写作计划想留到退休后去实现。不想不等他退休，命运已给他安排了一个他不得不做的工作，那就是生病，且还是右半身偏瘫。这种结局，是谁计划中会有的啊！

一切的妄想都是不切实际的，看来只有忙中偷闲了。对于上班族来说，古人所说的“冬者岁之余”“阴雨者时之余”是没有福气享受的，所有的只是“夜者日之余”了。吃了晚饭，洗了锅碗，看了新闻，陪小儿做了游戏，讲了故事，哄他入了睡，并洗了他脱下的脏衣，剩下的时间才属于自己。关了电视，嗑着瓜子（提神），看着自己心爱的书，写着自己想写的文字，这才体会到偷闲的乐趣。林语堂老人说过：“一个人在每天二十四小时中，能有两小时的工夫撇开一切俗世烦扰，而走到另一个世界去游览一番。这种幸福自然是被无形牢狱所拘囚的人们所极羡慕的。这种环境的变更，在心理的效果上，其实等于出门旅行。”此言极是。夜间如此，上下班亦然。短短的五分钟路程，是我神游的大好时机。思绪天马行空，自由驰骋，有时竟也能为一篇文章起个题目或打个腹稿。出差到外，没有了家务的羁绊，如鱼得水。途中捧卷而读或闭目冥想，夜间以床当桌奋笔疾书。有几篇发表了的东西还真是行旅之作呢。

虽然人是宇宙间匆匆的过客，但若想偷闲，还是有机会的。有机会静静品尝读书的乐趣，有机会做一些自己乐意做的事。在这方面，我信奉一句话：只要愿意做，没有做不到的。

旧衣如亲

自从有了“淘宝”，我的衣柜里，常常是“汹涌澎湃”。所以，每到换季的时候，处理旧衣是我必做的一件事。

好在我姊妹多，外甥女、侄女儿也多，最简单的办法，就是把不想再穿的衣服、估计穿的机会不多的衣服，打包，拿回乡下，由母亲和姐姐们去处理。我的衣服，都不是很旧的。有些是心血来潮一时冲动买回来的，结果发现并不适合自己；有些是图便宜从地摊上买回来的，穿一两次就再也没有勇气穿了；有些是淘宝网上淘回来的，尺码大小不合适……好在孩子们并不在乎你给的是旧衣，但凡合体，就喜喜欢欢挑了去穿。

若有一些样式普通的，母亲就会收起来，等她的小妹妹我的小姨来了，由她再去挑。小姨夫早年暴病身亡，小姨把几个孩子拉扯成人成婚后，她再婚，又生下一个男孩子，目前还在读高中。庄稼人觉得日子就是日子，小姨成天一副笑呵呵的模样，可是在我们看来，她的日子过得比黄连还苦，所以，母亲总惦记着她。

如果还有一些没有人要的衣服呢，母亲绝不会扔了它。她会不厌其烦，把它们拆了，缝个小褥子小垫子什么的，用起来又舒服又方便。或者把布片给大姐，让大姐弥个布袋门帘之类的，花花绿绿，看起来也很有趣。那些衣服上的扣子，母亲会把它们用罐头瓶装了，指着什么时候能用——早些年姐姐们给孩子们做衣服，就从这罐头瓶里挑扣子，现在当然不怎么有人用了。那些剩下来的布条子，母亲会把它们变成绑粮食口袋的口绳儿。总之，母亲一定要物尽其用才安心。

最让我难忘的，是有一次回家，母亲拿出几盘粗粗的绳子来。这绳子居然是彩色的，而且手感柔软，像是工艺品一样。仔细一看，原来是毛线编织的。我们前些年穿的都是粗线的毛衣，现在都穿羊毛衫羊绒衫了，母亲就把我们不穿的毛衣都拆了，洗干净，搬出好多年都不用了的纺车，把这些老毛线变成了大绳。母亲很公道地给我们姊妹几个每人一盘，而且做了“使用说明”：这绳子绑在自行车或者摩托车上，捆捆箱子什么的，带起来多方便。我正想说我不要——我是既不骑自行车又不骑摩托车的，可是，看到母亲那郑重的表情，那好不容易给你们办了一件实事的自豪的样子，赶紧说："这绳子好，能不能多给我一条？"母亲笑了："每家就一条，不行！"我心里暗暗叹息，母亲戴着老花镜，弓着腰背，把这些毛衣变成毛线，再把毛线变成大绳，不知要费多少工夫。可是，她知道不知道，哥哥们在商店里买一条摩托车上用的弹性很好的绳子，根本就用不了多少钱。可是，这话能说吗？这就当是母亲给我们的一份礼物吧。因为它里面绵绵密密编织的，是一颗母亲的心。

我也有很多的穿旧衣服的经历。小时候，我是穿姐姐们穿小的衣服长大的，几乎没有过自己的新衣服。记得有一次走亲戚，母亲给我借了一件新衣服穿。亲戚们夸我的新衣服真好看，我实话实说："这是借别人的。"弄得要强的母亲很尴尬。现在，我的衣服不算少，可是，还是喜欢穿孩子们穿小的衣服。星期天在家，我穿上儿子穿小的运动裤，穿上小侄女淘汰的T恤衫，恍恍惚惚，宛如儿女在怀。一种岁月的味道透心而来，我明白了，母亲、小姨、姐姐、外甥女侄女儿为什么愿意穿我不穿的衣服，那不仅仅是因为惜物。

我记得上大学的一年暑假，我回到家，脱下被大雨淋湿的衣服，换上母亲的斜襟青布大衫，宽腿黑布裤子，换上姐姐的家织布驴脸鞋，抱了侄女去串门。邻居一看我的打扮，惊讶得眼珠子都快掉出来了："这闺女，都大学生了，还这么不讲究，穿成这样。”我笑呵呵的，不吭气。因为，我穿的衣服上，有着亲人淡淡的体香，舒适、踏实、温馨，这种感觉，是什么样的时装也给不了我的。

古人说，衣不如新，人不如旧。在我看来，旧衣如亲。只有亲人，才是越老越亲，永远不忍离弃啊。

慰情巧克力

这是一个百无聊赖的周末。没有一个电话进来。没有一个人在身边。一本杂志翻了N遍。两个微博刷了N次。而那个要等的消息还迟迟不来。打开冰箱，只有儿子上个月买的一小盒巧克力能够入口。

拆开包装，塞一块到嘴里，信手把华丽的锡纸撕碎。似乎没有什么感觉。再塞一块到嘴里，再信手去撕那华丽的锡纸。不经意发现，锡纸金黄的外表只印有商标字，而银色的里面用巧克力色印有一句话：“我爱的不一定要拥有，而拥有的一切我都会爱。”我对着这句话怔了半天，不知道这句话为什么会出现在我眼前。于是我找到刚才撕碎的第一张锡纸，把它拼凑完整，想看看是不是同样印着这句话。如果是的话，我觉得这是一句魔语，是上天特意送给我的。可是，我看到第一张上印着：“今天要给自己一个好心情。”

我不由得笑了。这盒巧克力只有五块，于是我把它们全吃了。接下来两句分别是：“肯承认错误，那么错已经改了一半。”“生活要讲究不要将就。”我自认为我目前的状态，正需要这几句话醍醐灌顶。

最后一句话是：“最好的娱乐就是自娱自乐。”桌上一壶尚有余温的红茶，两只粗陶的茶杯，一台吱吱吱响着的笔记本电脑。阳台上晾晒着新买的长衣短裙。丝绸睡衣绣花布拖的文艺范儿。室温二十余度。窗外是树木高大的绿冠，小鸟的鸣声婉转动人。

还有什么值得忧郁或者焦虑？

于是我把QQ签名改为一句话：看破放下，赶路要紧。

这巧克力盒上印有一句话：“打开‘心声’，享受身心触动的愉悦。”原来，这巧克力卖的不仅是口感和包装，还卖的一份清雅暖香的心灵鸡汤。

巧克力做到如此程度，我都不知道报纸该如何做了。

一本发黄的电话本

过节的时候，忽然就想起很多故人来。

因为要送一份祝福和问候，就翻看手机上的通讯录。竟然发现，一些故人的联系方式，手机上竟然没有。

看来，已是好久没有通过电话了。

东寻西找，翻到前几年用过的一本旧的电话本。它旧得发黄，边角毛糙，一些掉了的页码被随便夹在其中。而一页页翻过，却恍若看到多好多熟识的面孔，听到好多熟悉的声音。

试着打一两个过去，不觉惊喜。原来这些已显生疏的号码，牵出来的，还是一直未变的旧日情谊。

想起这些年走过的沟沟坎坎。每到跌跤把滑之时，一些老朋友就会及时出现。几句安慰的话，一个轻松的玩笑，一些贴心的提示，若干有用无用的信息……他不管你现在的位置将来的前途，不问你事情的来龙去脉，他为你着想，只是因为，他是你儿时的玩伴，少年的同学，曾经的文友，昔日的西宾………

在他眼里，你还是当初的你。就像在酒会上盛装矜持光灿夺目的女子，她的兄姊心里的，还是那个布衣素面笑起来狗窦大开的小妹。

如今，这些想起来就亲切如唔的人就静静地在我的旧电话本里守候着，不管我有没有把他忘记，能不能再把他想起。

早已经习惯使用手机上的通讯录，因为它的便捷实用。不断结识或者匆匆一面以至于对着名字却怎么也回想不起人来的号码膨胀着我那超大容量的通讯录。同时，因为手机故障或手机丢失，也没有少吃通讯录被“洗劫”的苦头。今天终于发现，这本旧的电话本，就像不会轻易把自己抛掷的故交。他守旧着，沉默着，因为他自信而踏实。

你的抽屉里，还保留着这样一本发黄的电话本吗？

它是我们的历史。就像树木的年轮，隐藏在枝叶招展的树身里。

我家的小房子

我家的小房子很小很小。

小到没有客厅，一张小小的茶几只能放到卧室里。不过这也没有关系，来两三个朋友的话，还是可以亲密地坐在一起喝工夫茶的。

小到没有独立的厨房。每天中午在阳台上做饭的时候，顺便就进行了日光浴。

小到没有书房，连一张书桌也放不下。餐桌兼书桌的好处还是有的，那就是在读书或者上网的时候，有很强的食欲。在这张桌子上写出来的文字，或许有一种人间烟火的味道。

小到没有放一块瑜伽垫的地方。从搬进来的那天开始，我由室内的锻炼调整为户外运动。周围的公园和大街小巷，任由我走了个遍。我过去从来没有像现在这样，能一点儿一点儿体味逛街的妙处。

我家的小房子很好很好。

阳台上的玻璃，很大，很透亮。拉开窗帘，阳光马上会扑你个满怀。从上午到傍晚，房子里一直是亮堂堂的。从窗户里，经常会飘进来歌声，或者琴声。我不善唱歌，不会拉琴，于是，我每天早上站在阳台上晨诵，把美妙的童诗送出窗外。

窗前有一块不大的草地。草地上由东到西长着一排树。春天，我看到一树一树的花开，一树一树的叶绿。看到放了学的孩子在草地上嬉闹。有时候，还看到幼儿园的阿姨把孩子们带到草地上，讲故事，做游戏。

小房子所在的楼的墙壁上，布满了爬山虎。春天，爬山虎先还是光秃秃的铁丝网，没有几天就有了很多的叶苞，再没有几天就有了很多的叶芽，再没有几天就变成了很多手掌样的绿叶子。看到这些爬山虎，让我想到春天，想到春天像渴望成长的孩子，一路跑着来到我们身边。

大院里种了很多很多的树。有白丁香，紫丁香；有碧桃，玉兰；有大杨树，还有国槐。春天，你被各色的花朵包围，在浓郁的花香中陶醉。你走在弯弯曲曲的小路上，恨不能变成一个诗人，随口吟出些动人的词句。

小房子所在的大院，小得不能再小。不过，有菜店，有理发店，有食堂。价格都不比外面的超市高。这些店主们，认得每一户房子里住的是谁。有时候你急着出门，家里人还没有回来，你把钥匙留给他们，一点儿也不用操心。下班经过这里，如果你没有带钱包却想捎带买些菜，尽可以先带走，店主不会问你什么时候送钱来。

小房子里住着我和我的骨肉至亲。我们在这里吵吵闹闹，哭哭笑笑。小房子虽小，然而，它不但能放得下我们的身体，放得下我们的读书声，还放得下我们的灵魂，放得下我们的爱。有这样一所小房子寓居，我不在乎它的面积，不在乎它的格局，不在乎它经过了许多岁月。

所以，搬来这个小房子的那天，我在门上贴了这样一副对联：寄东寄西寄南寄北随遇随安；寄往寄来寄去寄回随喜随缘。横批：人生如寄。

幸福其实不远

忙碌了一个礼拜，周末的晚上，一家人围坐在一起。姐姐一边织毛衣，一边讲听来的笑话。侄女把妈妈的脚抱在怀里，一边细心地为她剪指甲，一边做出大人的样子轻轻呵斥她不要乱动。哥哥把电视遥控握在手中，一副半梦半醒的样子。侄女的不到三岁的女儿在沙发间爬上来爬下去，给每个人轮流梳头发，涂红指甲。这样的其乐融融的感觉，真好！

搬家也有十年了吧，一直没有封阳台。在看起来很阴郁的城市上空，想给自己留一点儿接近阳光的空间。小偷的一次光临，遂让我下了决心。新封起来的阳台上，有了一个可以升降的晾衣架。从此不用因为院子里晾着一绳衣服或者棉被，而担心大雨的突然降落。阳台上的气温，好得不得了。那一盆盆姹紫嫣红的花儿，给家里平添许多色彩。这样的温馨感觉，真好！

沙发因为总是扮演蹦蹦床的角色，塌陷了好几年。儿子上了初中，终于可以换一套新的沙发了。总是飘雪花的老式电视机，狠狠心让它退休，换上了一个液晶的。空调因为年久失修，时不时来一点儿瓮声瓮气的伴唱，不过，少开一会儿既可以节能，还利于环保，不换它也罢。洗衣机不转了，鼓捣鼓捣，又开始工作，不用买新的了，又省下一笔钱。这样精打细算过日子的感觉，真好！

七八年前买的一套裙子，穿出去照样有人称赞。的确良的被罩用了十几年，还是舍不得换成纯棉的。过年整理旧物，翻出学生时期写的日记，还有一些准情书，小心翼翼地勇敢重读，竟然还有眼泪可以流出。儿子小时候的照片，让岁月又回到从前。这种怀旧的感觉，真好！

更多的时候，拼命工作，熬夜看书上网写东西。有一点儿余钱，有一点儿空闲，逛逛街，上上网，买一些“大喊（减）价”的衣服，淘一些不舍得到影院里去看的大片影碟。心情郁闷的时候，做做美容，练练瑜伽，缓冲一下紧张的身心，并捎带宠宠自己。这种小资的感觉，真好！

不用愤世嫉俗，不会失魂落魄，想想，幸福其实不远，就在我们身边。生活中有许多无奈，我们没有必要去和斯人斯事较劲。幸福就是超越我们期望的那点儿盼头变成现实。日子像流沙，不要总为从指间滑落的那部分怅惘，把明媚的心情聚焦到手心里留下来的那部分，就会有意料之外的快乐。虽轻薄流俗，却真切实在

粥中，百合花开

晚上，我为你煲的是百合粥。百合下水一会儿，锅开始冒蒸气。我把锅盖揭开，猛然间，我看到了一种奇特的景观。水中翻滚的百合，有一块绽放开来，宛如云雾中盛开的白色睡莲，似乎还有着淡黄色的花蕊呢。

我看得恍惚，宛如在梦里。我在想百合怎么跟睡莲如此相似。其实只是一种巧合，却引起我浮想联翩。这乍现的灵光，让我一个平庸的下午，平添了无限的韵味。我们的简陋的厨房，仿佛变成了迷离的仙境。

恍惚中我没有想到拿出手机，把这一景象拍给你看。现如今我讲给你听，你必不相信的，以为我故弄玄虚。我知道你不喜欢喝百合粥。你不喜百合的那股味儿。可是，我总是想让你多喝一点儿，因为百合有清肺润燥止咳的功效。天冷时你常咳嗽，这是我的一块心病。有时间的情况下，我喜欢煲一些粥给你喝，而且要像中医那样把道理讲给你听。

你常是不耐烦的，为我的絮叨。其实，我这样絮叨的日子，原本也不多的。不是节假日，我很少有时间下厨。可是我愿意把在家的时间，多半消耗在厨房里，为你煲粥，为你榨果汁，为你用电炖锅炖一些东西吃。而你常常皱着眉，用憎恶的表情看着这些东西。我知道，你恨不能立刻甩掉我，甩掉我费尽心思弄出的这些你并不喜欢的吃食，到快餐店去吃汉堡，喝玉米浓汤。

我想起我小时候，看到别人上学带的零食，很是羡慕。而你姥姥能为我带的，只有烤饽饽和咸菜。可是我的烤饽饽和咸菜，总是被同学一抢而空。我才知道，饱含爱意的食物虽然材料普通，操作简单，却照样可以美味可口。就像我现在，在外面吃馆子无数，最贪嘴的，依旧是你姥姥煮的小米汤。而你现在，无法体会我看着你紧皱的眉头那种复杂的心情。

今天下午这粥中盛开的白莲一般的百合，让我的心情也变得美丽起来。我不是一个喜欢厨事的女子，为了你，我买了无数的食谱、菜谱书，就连手机的掌上百度，搜索最多的关键词也是各种菜名。我想总有一天你会明白，你是多么伟大的一位导师，你把你的母亲由一个远离烟火的诗书女子，变成了一位精心研究厨艺的煮饭婆。你把她的心，由浮云之上牵引回尘世这一小小的角落。她为你一个人改变，变得无怨无悔。

那粥中盛开的百合呀，那不是食物，是一颗经得起煎熬的母亲心吧？它告诉我，为爱而付出的辛劳，纵然平常琐碎，也自有一番美丽在里面。

水做的骨肉

《红楼梦》里说：“女儿是水做的骨肉。”品水评人，可谓一语中的。不敢说我走了万水千山，但以我的年龄和别的同龄女子比起来，是多到过一些地方的。边走边看边想，对曹雪芹这句话体味尤深。

少时到风陵渡和茅津渡看过几次黄河。她平铺直流，迟缓稳重，宛如一黄面农妇，不急不躁心满意足地行进在自己人生的途中。然而有一年到风陵渡，却看到大片大片的农田被淹。在夕阳镀金的河滩上，只留下零零散散的一些高粱玉米在淤泥中露出头来，随风哀吟。这时，我的心里是恐惧的，震惊的，像面对一位失去理智的悍妇。到了壶口，看到的黄河又不一样。她挟金带沙，滚滚而来。在那深不可测的壶口，毫不犹豫一跃而下。巨浪撞在礁石上，捧玉泻银，爆绽出质本洁来的生命原色。溅起的水雾映出彩虹，壮观中见其绚烂的一面。巨大的轰鸣告诉我，黄河这时就像那些节烈的女子，在关键时刻宁愿粉身碎骨，也要舍生取义，让人不能不油然而生敬意。中甸的长江第一湾，虎跳峡的山水之搏，甚至电视上收看长江决堤的画面，都给我同样的感受。民间有多少这样的母亲，在平凡日常的劳作中默默无闻忍辱负重。但是，如果外界的压力超出她能够承受的负荷，她们也会做河东狮吼般的爆发，不搅得天翻地覆不会罢休。一旦国家有难，她们就会挺身而出，在千难万险面前毫不畏惧，径直前行。

苏轼有诗曰："欲把西湖比西子，淡妆浓抹总相宜。"西湖之水大而阔，泛舟西湖，觉得西湖之美是平白的，温和的，坦荡的。找不出瑕疵，也看不出特点。像那些容易相处让人亲近的女子，处起来舒服自然，一旦分手也了无牵绊。人说桂林山水甲天下，乘船游漓江，果然奇山如画，美不胜收。碧水如玉，温润柔滑。江边间有白鹅数只，翠竹数丛，农舍数间，一幅知足自足的田园风光。漓江水美与桂林山奇是浑然一体，佳偶天成的。有许多这样的女子，与相爱的男子在一起，方显出她的美丽与可爱来。这种美是要映衬的，烘托的，也是甘愿映衬、烘托的。现在的西湖与漓江，太多喧闹。船如织，人如流，看不到水的通透，鱼的嬉戏。失望是自然的，像人们心目中那样，美人必是沉静的，含蓄的，留几分猜头是给人的。

到过丽江古城，看到过家家门前有清流，条条道路通流水的景致。那里的水清且浅，缠缠绵绵，曲曲折折，绕户而行，很民间很烟火。她熨熨帖帖，平平淡淡，日日在你眼前，时时在你身边，你也许不会留意，但须臾不曾离开。那些小家碧玉的女子，就是这样的，藏了心计与灵巧，只以一颗实实在在的心灵，自自然然地守护着一份平凡的爱情。

从成都坐了十四个小时的汽车去九寨沟，沿途有岷江在路基下流淌。水依地势，卷起浪花无数，像卷发的妩媚女孩，轻盈又活泼。一路上想着，九寨归来不看水，不知这水该有多么秀美。到了九寨，只觉得惊艳、惊鸿一瞥这样的词语才真正派上用场。看到九寨水的第一眼，立刻觉得五脏六腑都是污浊的。九寨的水清，清可见底。来自雪山、森林的活水流泉，经过梯湖的层层过滤，洁净透明，一眼可以看到水中游鱼摆尾，蒲藻交舞；九寨的水秀，秀得醉人。白云蓝天高山绿树，都沉浸在碧澄透彻的湖中，倒影清晰，绚丽多姿。真是天上人间，无人可辨。人说“鸟在水中游，鱼在天上飞，人在画中游”，九寨当之无愧。九寨的水奇，奇异如幻。各种颜色的水生群落和草本植物，在富含碳酸钙质的湖水里，形成各种迷人的景观。翠海碧如翡翠，鱼若空行；镜海水心如镜，纤毫不生；卧龙海有长龙腾跃，呼之欲出；孔雀河道孔雀开屏，艳丽非凡；五花海色彩斑斓，让人目不暇接……九寨沟就像一位下凡的神女，神秘、美丽、高贵。走在九寨沟的观光道路上，我想，九寨沟的水之所以能保持这样的清澈、洁净，正因为她的可望而不可及。她以独特的地理构造，和人保持着若即若离的距离。试想，如果九寨沟的水可以泛舟，还能像今天这么美丽吗？九寨沟的水像多面女郎，扑朔迷离，又源清流清，纯洁无瑕。她善于自美，全于自处，是人生的最高境界。

九寨沟的水让人梦牵魂绕，然而，谁也不可能和这位梦中情人共度一生。在惊艳之后，我们仍然要和平实素朴的人儿牵手，共同打理我们并不怎么纯净美好的人生。也许有些失落，但这就是生活。

放逐到张家界

北方我居住的小城，冬意已深。路旁树木褪尽枯叶，来来往往的行人瑟瑟缩缩。于是，借着一个开会的机会，决意把自己放逐到心仪已久的张家界。

列车像一卷长长的胶片，从天寒地冻一片肃杀之气中把我缓缓带向江南葱茏的深秋景致中。我看到没有采摘完毕的柑树橘树，间或还闪露出赭黄橘红的笑靥。池塘明净悠远，像是大地深情的眼眸。秋刈后的稻田正在静静地休憩，一垛一垛的稻秆是一个又一个丰收的注解。菜畦碧绿依旧。零零星星的白鹅仪态庄重。偶尔还有农人耕牛在黑土地上埋头犁作。黑瓦粉墙的农舍屋檐下，成串的辣椒苞米鲜艳夺目，一副知足自足的田园表情。

从张家界到武陵源景区的公路两边，树树黄叶架起如梦似幻的金色通道，像是一个通向神奇境界的长长破折号。这就是张家界给我的第一个印象，斑斓缤纷。沿着金鞭溪徐徐前行，看到古铜色的山崖上，修竹青翠，松柏苍绿。小路两边，银杏张开金色的树冠，杉树披着棕色的衣衫。绝壁间，三两树红枫烈焰一般燃烧。蓦然回首，清溪如素练一般在密林间蜿蜒缠绕。抬头望去，飞瀑如白虹饮涧，玉龙下山。十里画廊的河滩上，灰褐色的茅草披离起伏，像是一段挥之不去的怀旧心情。贺龙公园内，大片大片的高山芦苇如晴雪飞滩，又似柳絮扬风。张家界的美是炫目的，惊艳动人。

清纯的张家界，一尘不染。国家森林公园里的森林覆盖率高达80.1%，景区内甚至达到了93.2%。常常不期而至的细雨过滤了尘埃，使空气保持着一种湿湿的、润润的状态。导游告诉我们，这个天然大氧吧里的空气含氧量极高，外国游人称每小时价值五美金。听到这里，我们这些来自山西、陕西、上海、北京、内蒙古等地的一行人忍不住大口大口地深呼吸，并笑曰这是洗肺。张家界的水是清澄的。金鞭溪清澈见底，卵石滑润如玉，游鱼空行无依。紫草潭倒映着青天绿树，凝蓝积翠，美不胜收。鸳鸯泉观之碎银铺底，洁净透亮。饮之甘甜清凉，沁人心脾。它还有冷水泡茶的神奇功效，有民歌这样唱道：“韭菜开花细绒绒，有心恋郎不怕穷。只要二人情意好，冷水泡茶慢慢浓。”清新的空气，清洁的水，纯真的感情，当是世界上千金难买的三件珍宝啊！

张家界是空灵的，神奇迷离。不说张家界的云山雾海，不说张家界的奇花异草，单说张家界的山峰吧。以往我总认为，有山才有峰，峰为山之顶。而张家界改变了我的这个概念。张家界的山即为峰，峰即为山。依而不靠，孤而不独。山山拔地而起，峰峰突兀而来。一座座如垒如叠，一根根如削如切。连起来，密如丛林遮天蔽日，壮如大海巨浪奔腾。分开来，形态各异，唯妙唯肖。有的充满了神话色彩：王母升帐、玉皇坐殿、仙女献花、寿星迎宾……真是天上人间，人间天上；有的像是一篇篇趣味盎然的童话：海螺出水、金龟衔日、蟾蜍含月、孔雀开屏……个个动感十足，憨态可掬；有的蒙着一层浪漫情调：望郎峰望眼穿石，夫妻岩耳鬓厮磨，情人幽会你依我靠……可谓真情感天地，忠贞比石坚；有的颇有文化韵味：丈星岩一边看像鲁迅——横眉冷对，另一边看像高尔基——满脸忧患。还有屈子行吟，天书宝匣，秀才藏书……伟人也好，凡人也罢，张家界记录着求真向善者的足迹。看过张家界的峰林，你不是诗人，也不时会蹦出几句诗来，因为张家界就是一首首诗组成的；你即便是诗人，也会感到词语的贫乏，因为你调动所有的库存，也远远不能表达出张家界给你的感觉。

在张家界短短的几日，我的眼疾在不知不觉中痊愈，心里的阴郁也一扫而光。怪不得古代文人或被贬黜，或壮志难酬，都会转而亲近山水。是谁说过的，山水有情，生生不息啊！况且在充满变数的当今，海誓山盟的人会离弃你，知心知底的朋友会出卖你，你真心相助的人会利用你，可是天地之间的山水不会。山水只会擦亮你的眼睛，打开你的心结，清洗你的胸肺，让你微笑着，行到水穷处，坐看云起时。

武夷慢游记

我是用了一整天时间，周转了两次航班才到那里的。上天垂怜我们这些远道而来的人，连空气都清新湿润得让人舍不得大口呼吸。还有雨，倏尔来，倏尔去，顽皮得很。你坐上车，要往景点去，它便横空而来，稀里哗啦，不休不止的样子，让你惆怅不已。可是不等你脚落地，它便突然不见了，碧蓝湛青的天空，洁白柔软的云朵，清洗一新的草木，都满含笑意地望着你，让你羞惭而惊喜。

山是一定要爬的，这里最值得一爬的是天游峰。刚开始爬时，只觉得周围全是高大雄浑的山体，灰褐色的山岩并无悦目之色。爬着爬着，抬头往上看，先是能看见前面人的背，接着能看见前面人的腿，再后来，就只能看见前面人的脚了。到有一立脚之处可以歇一歇擦擦汗时，往下一看，才发现眼前开阔了很多，好多山低矮了下去，原来高耸入云的隐屏峰、接笋峰，也只能与你比肩了。仔细看去，一条窄窄的峡谷将连绵的山群劈成了两半，一道绿水静静地躺在峡谷之中。继续往上爬，再歇脚时，发现对面出现了两道绿溪，东南、西南各有一道。绿溪凝碧，竹筏不时出没，溪边晃动着点点人影。再慢慢往上爬，不一会儿，发现自己已经置身于“天路”之上。这“天路”蜿蜒在高耸的山脊之上，狭窄崎岖，只容一人通过，好似一线飞天。脚下两边是千仞绝壁，无底悬崖，望之令人目眩胆寒。好不容易到了一览亭，往下一看，不由惊叹，真的是高度决定眼界啊。先前看到的两道绿溪，原来不过是一条溪水的两半截。现在，这条绿色的游龙盘曲着舞动在群山之中，给巍峨静穆的群山增加了飘逸灵动之美。而这环抱着绿水的群山，缠绕着群山的绿水，看起来就像一个巨大的山水盆景，完美地呈现在眼前。武夷三三九曲水，六六三十六峰，这时不仅俱在眼前，而且了然于胸，让人不由得有气吞山河之壮阔感觉。

武夷之美贵在山奇水秀。登过了天游峰，必须要去的就是九曲溪了。九曲溪一美在水。随着云散云聚，山来山去，青绿、黄绿、碧绿、墨绿不时变换。一溪之水能有不同颜色，都是因为溪水清澈透亮的缘故啊。溪水原本是没有颜色的，投射进了山影树色，再揉之以天光云彩，才形成了如此丰富多变的绿。武夷素有碧水丹山之称，所以，九曲溪二美在山。一溪水三折九曲，贯穿在奇峰秀谷之中，乍看山山有异色，峰峰不同形，细一看，却也大象若似。岩峰一律偏斜向东，宛如万马奔腾；山体赭红灰褐相间，大气磅礴。所有山峰都湿润如浸，仿佛刚刚从水中升上来一般，好多还在滴滴答答地淌着水珠。九曲溪三美在天。一会儿一碧如洗，一会儿飞云弄巧，一会儿阴云密布，一会儿晴日高照。就这样一路走，一路看，慢慢地，让竹竿一下一下撑到河底，让竹筏一寸一寸地随波漂移，让心一点儿一点儿地融进那碧水柔波之中。

登了山，游了水，接下来就要看看武夷人的生活了。去下梅古村要看的是明清风格的古民居。不要小看这小小的村落，当年可是武夷茶叶的集散地，至今村里还有一块“晋商万里茶路起点”的石碑。如今，人工小运河依然从村中穿过，弯弯的小石桥，木质的吊楼，布有岁月风尘的凉亭栏杆美人靠，晃晃悠悠的红纸灯笼。青瓦屋，石雕门当，木雕窗棂，四方天井。家家植兰，户户养花。一座一座的宅院走过去，大妈们在头也不抬地拣茶，年轻一些的大姐坐在那里泡茶给客人喝。孩子们在窄窄的巷子里跑来跑去，一脸憨笑。鸡犬是放养的，浑不怕生。坐下来喝一杯大红袍或者金骏眉，听没牙的老公公唱一曲茶歌。晚上去看著名的山水实景演出——印象大红袍。盛大的场景，绚丽的色彩，除了一饱眼福之外，给我印象最深的只有两句话，那就是“你的心决定茶的味道”“茶要怎么喝？放下喝，慢慢喝。”其实，来武夷一遭，真的记住并听懂了这两句话，也就足够了。

这就是武夷，在那里，山要慢慢爬，水要慢慢看，茶要慢慢喝。

梦绕绍兴

“不必说碧绿的菜畦，光滑的石井栏，高大的皂荚树，紫红的桑葚；也不必说鸣蝉在树叶里长吟，肥胖的黄蜂伏在菜花上，轻捷的叫天子（云雀）忽然从草间直窜向云霄里去了。单是周围的短短的泥墙根一带，就有无限趣味。油蛉在这里低唱，蟋蟀们在这里弹琴……”一路吟着这样诗一般的语句，怀着拜谒一颗深邃而又博大仁爱的灵魂的愿望，来到了古越绍兴，撩开了她神秘轻柔的面纱。

一座座高楼拔地而起，一辆辆出租车川流不息，一家家全国连锁店气派豪华，这不是我梦中的绍兴。走在弯弯曲曲的小巷里，吃着炸得热腾腾的臭豆腐，我寻找我的绍兴。绍兴人热情厚道，在突然而至的大雨里，操着我听不懂的方言为我叫来了出租车。坐着黑毡帽脚踏的三轮车，看着群楼遮挡不住的黑瓦白墙红灯笼，我寻找我的绍兴。

那黑瓦覆盖着的屋顶披着绿草，透着一岁一枯荣的生机。那白墙上有着烟火灰尘熏染的痕迹，诉说着说也说不尽的沧桑。那高高挑起的大红灯笼和金黄的酒幌，曾经点亮过多少梦想，招摇过多少激情？坐着竹板和篾席搭成的乌篷船，看着远处闪闪的渔火，近处岸边正在焚烧的香火，我寻找我的绍兴。临水人家的女人蹲在光滑的台阶上，淘洗做晚饭用的菜和米。晾着一长溜衣物的二楼阳台上，白发的老婆婆正倚门远眺，等着放学的孙孙归来。这些，才是我想象中的绍兴。

三味书屋是非去不可的。从一扇油黑的竹门进去，我看到了“三味书屋”的黑色匾额，还有伏在古松下的肥大的梅花鹿。两旁屋柱上有“至乐无声惟孝弟，大囊有味是诗书”一幅抱对。匾中抱对皆为清代书法家梁同书的手笔。当年那个拔何首乌毁了泥墙、将砖头抛到间壁的小男孩，就是在这里向须发花白高而瘦的寿境吾先生行拜师礼，在极方正、质朴、博学的先生的导引下，开始了他的蒙学历程。鲁迅祖居、鲁迅故居、鲁迅纪念馆、三味书屋、咸亨酒店，从这里，我们看到了一个伟大的思想家、文学家、革命家走过的道路，也感受到了他背后深刻悠长的历史、文化、家事渊源。

作为名人之乡，绍兴历史上曾涌现出许多杰出的政治家、思想家、教育家、军事家、科学家、文学家、艺术家，除了鲁迅，还有晋代著名的书法家王羲之、唐代的书法家徐浩、卧薪尝胆的越王勾践、诗人陆游、明代“画圣”徐文长、近代教育家蔡元培、侠骨柔肠的巾帼英雄秋瑾等等。绍兴人民的勤劳勇敢、聪明智慧，不怕吃苦坚韧不拔的精神，正是由于历代名人这种忘我精神的熏陶，才得以世代流传。

绍兴不仅是名人之乡，更是名景之乡。不说那“洞五百尺不见底，桃三千年一开花”的东湖仙桃洞，不说那“兰亭旧种越玉兰，碧浪红香天下传”的兰亭国家森林公园，不说那记载着陆游与唐婉爱情悲剧的“满城春色宫墙柳”的沈园，不说那“千岩竞秀，万壑争流，草木葱茏其上，若云兴霞蔚”的会稽山水，不说那因有千亩万株桂树而得名的香林花雨风景区，单是那旖旎秀美的水乡风情，就足以让人流连忘返。乘着古色古香的画舫，沿着古纤道穿行古老的浙东运河，青山如画，绿水晶莹，石桥参差，酒香淳朴。两岸粉墙黛瓦，青烟袅袅。一边在船内欣赏社戏，听越剧、绍剧、莲花落等地方戏曲，一边品尝地方风味的菜肴，真是别有一番风味。

绍兴是我的一个梦，让我如醉如痴，让我亦真亦幻。我多想再一次去绍兴，就着茴香豆喝黄酒，坐着乌篷船听雨落浮萍。我更想成为一个绍兴人，在如诗如画的绿水青山中种豆植瓜，摘梅掘笋，领略美好的四季田园风光。

皆是春文章

似乎是过了春节不久，就有各路朋友频频晾晒觅春踏青靓照。微博微信上，春天的气息日日扑面而来，弄得我心痒痒的。不过，遗憾的是，我至今都没有一次真正的户外活动。

上个周末羁留太原，心里正有些孤寂稍稍抬头，朋友叫去汾河水库玩。从车子开出城的一刹那，眼睛就感到忙不过来了。路两边姹紫嫣红，如潮如海。朋友说，就是光看看路两边的风景，都已经很享受了。

我贪婪而有些不甘地说，春天很快就要结束了吧？朋友说，太原的春景，可以持续一个月左右。而且，山里边比城里边，还要晚一些。一切都还来得及。

过了一会儿，心里就有些不安了。因为在一个路口，看到乌压压停着一片车。原来是车友会在集结。我想，这不就落了俗套了吗？路上看车，景区看人，把城市搬到山里，有什么意思呢？

到了景区，沿着滨河路走了一小会儿。一边是鲜花盛开的甬道，一边是绿柳掩映下的清清河水。胸口被一股新鲜的空气充溢着，才才开始抒情，就看到前面不远处居然有一个烧烤区，有许多人正往那里去。我怎么也无法把春色满园和烟火冲天联系在一起，脑子里有些短路。走过去一看，哇塞，那边有人已经把一箱一箱的食材往出取，还有人在抢着租烤炉。

我们赶紧上山，专找人少的小径走。山上，林木郁郁葱葱，繁花漫山遍野，彩蝶翩翩，蜂鸣嘤嘤。栈道悬空，寺庙巍峨。目之所触，耳之所闻，倒也令人神清气爽。相机和手机咔咔嚓嚓响个不停，我们像是要把春色打包回家。

返回路过烧烤区时，已然人声鼎沸，烟气弥漫。一大片的烧烤摊位已经占满，还有人就地搭了操作台。走过去看，青菜绿，豆腐白，红肉嫩嘟嘟，都在烧烤架上滋滋地冒着热气。饮料、啤酒、瓜子、扑克牌，各种佐餐东西一应俱全。另一边，年轻的，年少的，走秋千，过独木桥，打水仗，喝彩声、尖叫声不断。到处活色生香，热气腾腾。

金桥、银桥两座浮桥上，人们鱼贯而过。有人居然抱着大狗，一颤一颤走过来。不知是怕这颤动的桥，这哗哗流淌的水，还是怕这喧闹的人群，狗被抱过浮桥，居然趴在地上，怎么也不肯起来。

也有从容淡定的狗。河边，零散地搭了几顶帐篷，主人在里面休息，狗就在帐篷边，或坐或卧。有几个女生带着狗走过，一条只有头上和尾巴上各有一撮毛的小狗，一路有规律地转着圈，颠颠地跟在主人后面，引得人们道路以目。

不知不觉，我已然习惯这场面浩大的赏春图。是啊，花红柳绿是春，莺歌燕舞也是春；你可以孤芳自赏，为啥就排斥别人呼朋引伴？你想把春色采撷回家，为啥就容不得别人把家临时驻进春天？你有春光易老之念，别人也有不舍昼夜之感。有限的资源，只有大家来集体分享啦。

其实想想，觅春赏春，何必拘泥于一种形式，凑一种热闹呢？郊外踏青折柳，吟诗作赋；田里栉风沐雨，锄草弄苗；公园里携老扶幼，谈笑言欢；阳台上瞭望远山，品茗读书……闲散，忙碌，喧闹，静谧，况味虽不同，皆是春文章。只要你用心去读，就会读出春天不尽的韵味。

山中即景

人　家

山脚下住着几户人家，几户人家可不寂寞。大轿子车天天送来避暑旅游的人，山里人乐得天天接来送往。

山里人家家喂狗：黄狗、白狗、黑狗、花狗，衔着鼻子在巷子里转。轿子车一响，狗儿们便摇着尾巴站在各自门前迎接，像小孩子似的用喉咙里的声音来表示热情好客。

主妇的火，不用说早生好了，或者说就没有熄。大闺女二小子刚刚摇摇摆摆学走路的小崽子，都乐颠颠地往灶膛前抱柴火。吱吱吱一阵响，一大锅热水便开了。回头喊时，客人们早没了影儿。

站在没墙的院子里一看，不远处立的是墨绿墨绿的松林，松林下面躺着的是青翠青翠的草坡，草坡下边就是哗哗哗欢唱着的小河了。客人们这会儿正五颜六色地坐在河边的石头上。

嚼着旱烟袋的老爷子腮帮一动一动地，一边往河边走一边想：这年头真怪，山里人扑棱扑棱光想往外飞，城里人倒赶集似的往山里奔，又捡不下钱，又探不出宝，费力劳神地图个啥？

夏 夜

山里的夜没有霓虹灯，天空显得高远了好多。

王母娘娘煮了一锅银豆豆，仙女们抢着用北斗勺舀，不小心挤翻了锅，弄得满天都是。有一些掉了下来，在树叶上碰了几下，竟然鸟儿似的长了翅膀，在林间飞舞。

树林子好高兴，要不是这些星星变的萤火虫，走夜路的人们会以为它们是一堵堵黑墙壁呢！

松林和瀑布

松林和瀑布是两位著作家，书写着山的故事。

河水从山里流出来，清凉无比，掬起一捧来喝一口，甜津津的还带着一股香味。沿着河水走啊走，走到松林深处，听到巨大的轰鸣声，看到白花花的一匹绸缎挂在断崖上，那就是瀑布了。往水里伸出手去，嗬，好冷，比数九天的冰雪还要刺人肌骨。四下里看，黄艳艳的山茶花，娇俏妩媚；火红火红的山丹丹，热情奔放；还有那不胜温柔的兰花花，都在树间招摇。而高大的松树则像伟岸矜严的父亲，像恪守信条一样地坚持着自己的位置。松子在树脚下积成一张厚厚的地毡，一棵枯树横地而卧，从它的根部，又冒出一棵绿色的生命之芽。绝处逢生，化腐朽为神奇，这是大自然特有的本领。

鸟儿在望不见的地方鸣叫，像淘气的孩子在暗处向客人招呼……

日　出

黑夜刚刚打算撤走他的旗帜，太阳女神便把曦微作为捷报贴在了云层上。星星难为情地隐没了，空阔的天上这时只有冷月如眉，似在隔帘窥妆。

绯红、玫瑰红、淡黄、浅蓝……无边无际的云海像一个巨大的舞台，为了太阳神的出场，正在变幻着鲜活生动的自然之光。

万木肃恭，草儿们眼含清泪，等待着那神圣的一刹那。

太阳一点儿一点儿地露出秀容，月亮悄无声息地融进了蓝天之中。忽然，腾地一下，太阳猛地一跳，顿时，晶光闪亮，像一面魔镜似的光华万丈。

流云飞散，薄雾化烟，黛山含翠，晴空碧蓝，万物在初阳的沐浴下，显得无比清新可爱。

四季之歌

春天，一直以为春天是最可爱的。在四季之中，春天是令人沉醉的。在春天的怀抱里，一切都饱蕴着勃勃的活力：生命破土，希望吐芽，一点儿一点儿地粉红了干枯的枝头，浅绿了空旷的原野。漫长的行旅由此开始，风刀霜剑还不曾映入青草一般丰美的眼睫之下，年轻的心灵在细风中归燕一般地扑棱着翅儿，梦儿玉露般在刚抽出的叶片上打个滚，便化作了天空中迎着朝阳飞动的光环。无数个幻想乘着杨絮柳绵，精灵般在空中飞舞。小鱼儿在温吞吞的绿池里吐着快乐的水泡，未识愁滋味的少年在簇新的大草坪上勾着头寻找写诗的灵感……

当榴花吐出火热的情怀时，令人奋发的夏天就迈着富有弹性的步子飞奔而来。走在缀满野花的芳径上，你会感到在太阳热烈的目光下，你的心里充满一种鼓鼓胀胀的甜蜜。于是你看到瘠薄的山川丰满起来，瘦弱的溪流窈窕起来，树木也藏起了天真烂漫的花朵，用繁茂的绿发包裹起自己青春的肢体。如果在夜里，星月皎洁，明河在天，偷偷藏在池塘边那棵满腹心事的垂柳下，你会看到牛郎和织女的窃窃私语在水面上一圈一圈地漾。如果猛然间刺啦一声，那一定是莽撞的鱼儿在高兴地打挺呢。接着，蛙虫齐鸣，喧声四起，逗引得萤火虫挑着灯儿来四处张望。这一切过后，如果你还能听到噌噌的拔节声，那一定是青春期的庄禾们为“形象”问题在悄悄地练健美呢！如果是一个电闪雷鸣的夜晚，那就更好了。在那刀光剑影之中，你能体会到一种酣畅淋漓的宣泄，一种生命力直率自然的流露，一种无所畏惧与无所束缚的抗争。

天与地的爱情逐渐成熟，在荚果噼噼啪啪的爆裂声中，大腹便便的秋就蹒跚而来。令人欢欣的收获开始了。沉甸甸的果实取下之后，生命之叶便片片飘零，在秋风中发出金黄的叹息，那是一种母性的、自豪的叹息。走过了春萌夏孕的艰难，秋裸露出自己伤痕累累的躯体，却把那成功的勋章别满了大地的胸襟。与此同时，不甘寂寞的秋，又开始了新的旅途。她贪婪地吸着绵绵的水分，让自己重新变得饱满而充实，让犁铧在自己的体内，又一次播下来年的希望，在被刈删被开垦的痛苦与快慰中，秋等待着青春的又一次践约。

灿然一显的奇迹需要漫长的等待，季节之河便停泊在冬之港湾。苍茫冷峻背后，染白心灵每一个角落的，不是那走向穷途的落寞，而是一种令人沉思的哲理之光。冬用最简洁的线条，袒露出生命的本色；冬又用最柔和的色彩，阐发着生命的意义。在辽阔无垠的雪野中，人生卑微自然无限的境界，足以令人怆然泪下。而冬包蕴一切的内涵，又让人感到一种无与伦比的宽厚，感到一种令人振奋的希望。你实实在在地感到，希望就在那冰层下，飞雪中，在那默默无语的默契里。

季节可以循环，人生却不可能轮回。怅怅然之间，哲人以那穿透时空的声音告诉我：人生之珍贵就在于它的一去不返，人生之美好就在于它的短暂而光华万丈。躯体可以与草木同朽，而短暂人生所积淀的精神财富却可以穿越时间隧道，延伸到无穷远，无穷远。

慢调大理

大理像一场艳遇，浪漫甜蜜而无法言说；大理又像一次穿越，梦幻奇异而不可回溯；大理更像自己灵魂的同修，让人明心见性而物我两忘。

去大理，准备好让缤纷的鲜花撞个满怀。从落地到返程，你注定目不暇接。村村寨寨，街街巷巷，家家户户，无处无花的美艳，无处无花的姿态，无处无花的气息。

不要说玉洱园热情的山茶，苍山傲娇的杜鹃，古城街道上妖娆的三角梅，就连客栈的吧台、庭院，也被各种叫不出名字来的花儿毫无顾忌地挤占。甚至客房的屋角、洗脸池、床铺上，都会插有素雅的百合和马蹄莲。到大理，哪儿都不去，就在客栈院子的吊篮里躺着，让满院的鲜花抚慰疲惫的双目，让沁人心脾的花香清洗淤堵的心扉，那也是极好的享受。

大理的花不同于别处的花。大理的花，没有名贵与普通之分，没有难养和好活之别，没有野生与养植之差。在大理，是花就能成活，是花就能绽放，是花就各有各的美色，各有各的风姿。就连乡村小饭店门口的那些瓜瓜花，也自有其蓬勃和野趣。在大理，做一朵花，自在而自信。

去大理，准备好与七彩的云朵拥抱交舞。人说，云南，彩云之南。我原以为这是边远的意思。到了大理，才知道，云南之美，首在云彩。

飞在大理上空，你看到无边无际的雪原，看到一堆挨着一堆的棉垛，看到一座接连一座的雪峰，你还看到云缝投射下的阳光在山峦间的稻田里，明晃晃地闪耀，跳跃，一直随你跳到洱海边。

傍晚，坐在客栈楼顶看洱海，像看一场波澜壮阔而又跌宕起伏的盛大演出，你舍不得眨眼，生怕错过一个微小的细节——在这里，一个细节就是一个不可删减的重要章回啊。云层翻滚、腾跃，向着天边汇聚。白日里洁白柔软的云，这会儿都开始浓墨重彩起来，并让落日的余晖给它镶上了金边。突然间，一道圣光齐刷刷地投下来，湖面上一道白光像一条瞬间被照亮的道路。湖面上波光粼粼，碎银点点。你只觉得万籁俱寂。屏住呼吸，也关闭一切思维的通道，眼前只是这道光，心中只是这道光，仿佛整个人只被这光笼罩着，沐浴着，整个的人生也只被这光笼罩着，沐浴着。

如果你住在苍山脚下的白族人家，你必不会错过一场浓艳绝美的火烧云。你看到蓝天之上乌云翻滚，你看到长长的玉带云横卧在苍山上，你看到崇善寺三塔和白墙黑瓦的白族村镇完全被压矮了，变小了。突然间，山顶上方的天空被点燃了，火焰在蓝天和黑云间熊熊燃烧。而那洁白的玉带云呢，变成了娇媚的粉红色。很快，火焰变小了，褪去了，不见了，玉带云却迅速变厚，乌压压地向山下逼来，大兵压境一般。你直担心脚下的村镇就要被吞噬。不过，刚才那一幕，只是上苍吓唬你的一个把戏，转眼间，和平降临，天空扯上了一层深蓝色的幕布，只留下点点繁星在向你俏皮地眨着眼睛，让你紧张的心弦舒缓下来。

当然，这样的荡人心旌的场面一次就足够了。早晨，不能睡懒觉，一定要出去走走。爬上一个山头，或者就在村边的路上走走，你看到云层如何一点儿一点儿把天空擦拭得瓦蓝瓦蓝，看到一片一片的云朵被裁剪成各种各样的形态，游弋在山头，看到万物眼含清泪臣服在喷薄欲出的朝阳之下，看到逆光下彩色光环的炫目之美。当太阳完全君临山顶时，你看到被山峦环抱的洱海像一面宝蓝色的镜子，静静地躺在那儿。而白云在蓝天上自由浮动，无拘无束。这时候，你真想在大理做一片云，闲闲散散，去留随意。

去大理，准备好与奇特的树儿邂逅相知。从机场到古镇去，你看不到任何特殊的树木，觉得一定是大理辜负了云南“植物王国”的美誉。然而，几天下来，你发现，大理的树给你的触发，完全不亚于其他。

洱海边，小树林到处都是。曲曲弯弯，曼妙多姿，互相依偎，彼此牵绊。它们婀娜翠绿，给洱海绣上了一道清丽而妩媚的花边。特别是落日的余晖照射过来时，逆光下，小树林站立在波光潋滟的水面上，腰际是一道金色的沙丽，剪影一般如刻如镂，如诗似画。它的头顶，金色的浮云温柔敦厚，眷眷怀顾。而这小树林，则像母亲爱的目光下的少女，安恬而自如。

在大理，还有一种树，让你触目心动，过目不忘。它们挺立在古城的郊外，挺立在喜洲镇的田间地头，挺立在海舌公园的门口，挺立在洱海的小岛上。它们数量并不多，却似乎到处都是。在别的地方，好像不曾见过这种树。树身粗壮，树冠出奇地高大，春光中初生的叶子红彤彤的，像是一树红辣椒。似乎不必打听它的名字，它就是大理树，就是双廊树，就是喜洲树。在江尾村，有这样一棵大树，它孤零零地站在四围碧蓝的洱海中，头上白云飞渡，鸟鸣啾啾，可谓遗世独立，倾城倾国。而它，却不是孤单的。所有来看洱海的人，都要来这里驻足拍照，来这里极目270度的辽阔水域，体味天海一色，浮云悠悠的境界。一大早，去寻访金圭寺村边的那两棵大树，远远望去，苍山低伏，风起云涌，田野肃静，那并肩而立的两棵树，在晨光中舒展开枝叶，风姿潇洒，超逸绝伦，仿佛一切都只为做它们的背景，衬托它们的丰仪。它们呢，自是我眼中只有你，你眼中只有我。难怪一对对恋人身着礼服，脚踩着泥土，来跟他们合影。所以，可以叫它们爱情树。

在海舌公园边，还有两棵可以叫爱情树。只不过，它们娇小，秀丽，亭亭玉立。它们比肩站立在清浅的湖水中，与自己水中的倒影结为一体，看上去，水如天，天似水，云在水中漂，水在云中流。而它们，就是那么站在画卷之中，不卑不亢，不忧不惧，似乎在享受所有的一切，又在装点所有的一切。

在海蛇公园，还会被一种死亡之美所震撼。它们或许已经不能称为树了，只能叫树根，或者树尸。它们把自己枯残的肢体勇敢而执着地举在水面，像是一种不退缩不动摇，不离不弃，死也要死在你的怀抱里的宣言。在大理，做一棵树，或高大参天，或细小如蒿，都表达着一种态度，张扬着一种精神。

去大理，准备好让宁静的湖水荡涤心尘。洱海的水，因其清澈而色彩斑斓，因其幽深而水波不惊，因其依山而秀美多姿，因其小巧而引人亲近。然而，洱海最大的特点是安静。任云卷云舒，风起雨落，人来车往，它只是静静地泊在那里，心怀坦荡，波平如镜。

早晨，在洱海边坐一坐，走一走，可以听见鸟鸣虫语，可以听见风吟波咏，甚至可以听见花朵绽放的声音，露水滴落的声音。

金圭寺村外有一片小池塘，周围是杂草和蒜田，还有一排白族人住的房屋。中午路过时，这里的景致普通得让人感到乏味。然而，早晨走到那里时，我感到自己被电到了，被定住了，迟迟不想离去。晨光像一个伟大的艺术家，把色彩和光线运用得惟妙惟肖。蓝色的山岚，白色的民居，灰色的云层，暗绿色的树林倒映在水中，又与倒影合围为一个整体，一幅水墨画就那样浑然天成。此时，风停，树定，云不移不动，水面上没有一丝波纹，周围静谧得让人能听见自己的呼吸。此刻，你恨不得时光永驻，就此老去。

晚上，在洱海边仰望浩瀚的星空，儿时的记忆一点儿一点儿回潮，感觉到自己被浸润，被抚慰。这时，滚滚红尘飘然而去，你听到了自己内心的喃喃细语。此刻，洱海是洱海，星空是星空，你是你，除此之外，别无其他。在大理，做一汪水，洁净，通透，包容，而又清谧，闲淡，享受别人，也被别人享受。

大理的风花雪月告诉你，时间，应该浪费在一些美好的事情上。这些事情，当时让你静心，放下，然后，拾起，回归。远去，又像一部默片，让你静静地回味，怀恋，把自己清空，又把自己装满。

所以，从大理回来好多天了，我不敢动笔，像那些珍重而深刻的感情，生怕说出来就不是那个味道了。但是，我又不能不把自己行走途中的美好记录下来——因为，没有任何一片云是固定的样子，没有一道光是可以复制的，所以，在大理的许多经典时刻，可遇而不可求。想想，一生中忘不掉丢不下的那些事情，很多都在挤压我们，碾碎我们，而一场不可重来的游历，可以让我们的身心变得舒展而轻松，完整而饱满。一次说走就走的旅行，特别适合大理这样的地方。

梦留关城

那天是哪天？不记得了。只记得是个周末，是个秋日。一时兴起，我们几个便风也似的，飘到了那里。

跑马观花短短一日，回来又过去了好些个时日。那天看了些什么景点，玩了些什么地方，听了些什么逸闻趣事，不大能一一说上来了。只知道同去的每个人，心里都有一个小小的遗憾——这遗憾，似乎非重去不足以弥补。

再去的时候，我一定要带上个画夹。你们还记得吗？那关楼多么高耸险峻，像伟丈夫一般气宇轩昂，凛凛然不可侵犯；那长城依山绵延，蜿蜒迤逦，像强而有力的臂膀，把危险和侵扰拒在了外边，把踏实和安宁护在了里面；那炮台，那瓮城，可不就是一夫当关，万夫莫开么；那八角花楼，那千年悬柏，可不是披拂着历史的沧桑和岁月的风尘吗？从那里回来，梦里都是“楼头古戍楼边寨，城外青山城下河”。

对了，还记得那古驿道吗？又厚重又坚硬的石砌路面，想象不出当初动用了多少劳力才能够铺设而成，竟然被碾压出那么深的沟来，最深的有一尺多呢。涸辙之鲋，涸辙之鲋，现在才明白，下过雨后，那车辙里真的能养鱼呢。想想看，几百年间，这条路上飞驰过多少战车兵马，行走过多少举子秀才，输运过多少粮棉盐茶，承载过多少家金戈铁马的雄心和梦乡，萦绕过多少悲欢离合的鼓角和歌谣……这可是明清时期通往京师的唯一通道啊。“我真想沿着这条燕赵古道，一直往前走，一直往前走……”他说。

你说的那是固关吧？要说娘子关，虽然也有雄关险隘，虽然也有长城古道，可它终是因我们女儿家而得名的，所以，它可是真正的侠骨柔肠呢。我最喜的是那里的水。那样一座山，看起来似乎不那么郁郁然富有生气，却没有想到，走进去，却有那么丰富的水资源。那瀑布虽然不大，却也悬流百尺；那悬泉号称“海眼”，平地而出，滚珠翻浪，直泻入河；那水帘洞真是幽凉宜人呢，逆光而望，虹呈七色，彩环眯眼，让人恍入仙境；当然，最最让我们这些缺水地方的人陶醉的，就是它虽然是一个北方村镇，却有着家家门前有流水，户户人家通流泉的南方水乡景致——你看那水流多么清澈，水声多么清脆，水底的游鱼多么活泼！对了，看到那水底一丛丛，一簇簇的水藻，我第一次读懂了“在康河的柔波里，我甘心做一条水草”是什么意思！那水草的绿，多么纯粹，多么雅致，让眼睛都觉得被擦洗了一般湿润而清亮；那水草随波飘摇，翩翩若飞，看起来自由自在，又自得其乐。再去，我要带一部好单反，给那水边的蘑菇仙翁、绿衣小君、花草美人好好拍拍美照呢。她说。

我不会画画，也不想拍照，我是个笨人，也是个懒人呢。我只想做那百年石屋的女主人，依水而居，枕水而眠。每日里汲泉煮食，捶石捣衣，临水梳洗。太阳出来，到山前阳坡上耕土为田，点瓜种豆；下雨了，用自家的水磨碾磨自家地里收获的小麦、玉米和豆子，烙些薄薄脆脆的娘子脆饼给街坊邻里尝；风停雨住而田地尚湿，就到那兴隆古街上去，将自家的石榴、柿子、上水石，换些针头线脑、胭脂粉底；或者什么也不做，只是沿着那滑溜溜的石板路，走一走，逛一逛，看一看那石砌的护墙，木制的楼板，砖雕的照壁。斜阳笼罩老衙门和大戏台那点时间里，坐下来，跟上了岁数的老人们聊聊天，听他们哼小调讲古经，说道说道南来北往那些行商走贩的故事。你问我这样的日子会不会孤寂？怎么会呢？跑马，舞狮，看社火，放河灯，祭河神，逢年过节，镇里的热闹红火着呢。我就像那断墙上的衰草，黑瓦檐上的红叶，路边一簇蓬蓬勃勃开着的美人蕉，老门槛上趴着的一只花猫，碎石上两只耳语的蚂蚁，都是这古镇上的居民呢。

听我讲完，那两位都呵呵作笑："你这是在做梦吧？"我则悠悠然说道："有垝垣废址，有古堡老街，有朔风古道，有山光水色，有禾田菜畦，有土物风情……这样的地方，可不就是梦里才会有的吗？所以，人生有一种况味，当是梦在别处，且把他乡做故乡啊。"

周末游圣天湖

无意中在网上看到博友在圣天湖拍的荷花照片，立马心血来潮：已经错过了在冬天去看天鹅，不能再错过在夏天去看荷花！

于是，约上好友，在第二天的早晨五点起床，到百里以外，去寻芳黄河湿地圣天湖。

中条山早晨的山道，浓雾弥漫。不开车灯，竟然看不到对面开来的车。而阴风森森，竟然有冬日一般的感觉。

不允许自己后悔——因为早已习惯于按计划安排行程，偶尔的一次突发奇想并立刻实施，是对自己的一次放纵。

而偶尔的放纵，未尝不是保持弹性的一种方法。

在快下山的地方，有人惊呼："野鸡!"

果然，一只拖着长长尾巴的彩色雉鸡，在路上慢慢地踱来踱去，好一副悠闲的样子。

古有节日送野鸡的传统，寓吉祥如意和美好前程之意。一大早碰上的这位翩翩行者，立刻让我们心情大好。

心中本有一点儿疑虑：起大早去看荷花，如果看不到，或者荷花开得并不好，该有多扫兴！还耽误了朋友的时间。

这种患得患失的情绪被这只突然出现的野鸡驱赶得无影无踪了：目标精准专一，凡事必求完美结果或许是一种良好的职业素质，却不是一种良好的生活态度。

今天，就允许我们注重过程而忘掉结果吧，因为，今天我们是自然人，不需要对团队和组织负责。

大片大片的向日葵，立刻用热烈的笑脸对我们投了赞成票，并告诉我们，保持在路上的心态，即便是看不到荷花，也一定不虚此行。

而真的看到那接天莲叶，映日荷花，看到那一望无际的湖面，还是禁不住惊叹了：谁说芳草必在天涯？原来身边就有美景！

荡船在挨挨挤挤的碧荷丛中，醉心于那碧叶之中的嫣红、粉嫩、雪白，忘情于那玉立斜倚、娉娉婷婷，入梦于那袅袅清香，移魂于那自由自在穿梭在田田莲叶间的游鱼……

当坐在渔船之上，吹着清凉舒爽的湖面来风，不由得不对自己失迷于钢筋丛林的灵魂顿生怜悯。

并由衷批判自己四十年时光积淀下来的人生观：求知

必要苦海泛舟，经历炼狱之痛才能修得善果，人生之路必要九曲回肠，好人总是要受尽折磨，真爱必要经得起重重考验……

而此刻这一湖清风千亩野荷真真切切告诉我，生活得轻松惬意一些，原来如此简单。

厌倦于朝九晚五的刻板生活之后，在周末，安排一次近郊游吧，用最小的成本，为我们的心情放个假，让我们的心灵做一次深呼吸。即便是孩子在下午仍要坐进补习班的教室，而你，仍要为明日的一个汇报而一晚上绞尽脑汁。

人生就如抓五子

人生至此，已近不惑，可是要做到真正的“不惑”，却不是那么容易。有时遇到一些棘手或者尴尬的事情，我就会说或者就会想，我有我的原则。原则是什么？就是做人做事的底线。我知道做人做事是要知道让步的，要知道退一步海阔天空。可是让到一定程度，退到一定程度，退让到这个叫作“底线”的东西面前，就无法再退让下去。对我而言，要么就是拂袖而去——既然大家不能遵从相同的规则，就不再游戏下去；要么就是决绝果敢，宁折不弯——为了捍卫自己的底线，没有什么东西是不能放弃的。

可是，渐渐地就明白，事情不是这么简单的。你有你的原则，别人有别人的原则，而且，当好多别人的原则比你强大得多得多时，在有些情况下，你既不能绝尘而去，也不能变脸作色，你只能眼看着你的底线的堤坝被冲击得百痍千孔。你在心里涕泗横流，可是还要面带笑容。其中的委婉屈致，难以言表。

这些天，我常常想，哪些事情才真正是作为底线的原则的内核。生命、尊严、爱、事业还是责任？这些东西都是做人的最重要的内容，就像小时候抓五子一样，手心手背翻转之间，不是高手，你很难将这五个子儿全抓在手中。你赢了这个，就输了其他。这是铁定的规律。可是，在此局或彼局中，你能敏捷地判断出你应该抓住哪个，舍弃哪个吗？

说到生命，应该是言重了。似乎在现代社会中，要你抛头颅洒热血的事情很少有。可是，关乎生命的健康呢？健康是身体的，也是生命的。健康问题可能影响到生命的质量和长短。生命是父母的恩赐，为人子女，应该无比珍视，不应轻言放弃或者任意糟践。可是，换言之，生命是相对的，生命相对于他人的重要而显出它的价值来。当别人需要你健康地生活着时，你的健康无比宝贵。可是，如果没有了这种需要，你的生命还有何意义？或者说，当别人或者别的事情需要你付出健康时，你的健康就不是那么重要了。有很多人对我说，千万不要透支自己的健康，现在年轻，感觉不到，到一定年龄后悔就来不及了。而且，他们告诉我，他们就是后悔来不及的典型。面对这样的劝告，我只有微笑。他们年轻时，未必就没有人这样劝告过他们，可是他们接受了这个观点没有？所以，我认为，生命和健康诚然重要，可是，如果因为尊严、爱、事业或者责任的需要，可以放弃。不然的话，仁人志士的慷慨赴死，亲人爱人的捐死换生，岂不是傻帽儿行为？《贞观长歌》中，李世民明知宝贝女儿被劫为人质，还是果断地下令攻占恶阳岭。因为他知道，一己的生命，远没有一个泱泱大国的尊严重要。

尊严。生命是一条狗，尊严是狗不屈的头颅和忠贞的尾巴。像狗一样活着并不是容易的事。狗要保护和忠诚于自己的主人，这是狗的道德观。做人没有了尊严，就不能称其为人。人，男人或者女人，大人或者孩子，地位高的或者地位低的，都应有自己的尊严。不知道尊重别人尊严的人，不值得别人尊重；不知道捍卫自己尊严的人，同样不值得别人尊重。可是，如果，如果爱需要，如果事业需要，如果责任需要，如果集体或者团队或者国家的尊严需要，个人的尊严能不能牺牲？答案是肯定的。多少刚烈威猛之士忍胯下辱，含偷生垢，只因心中有大爱，心中有大志啊！相反，如果为了一己、一时之蝇头小利，就忘记了“尊严”二字为何物，虽然我们不一定要鄙夷人家，但一定要知道不能效仿人家。

爱呢？爱是人世间最高尚也是最低俗的情感，爱是人世间最自私也是最无私的情感，爱是人世间最牢固也是最善变的情感，爱是人世间最深刻也是最肤浅的情感……人生在世，爱有多少烦恼和痛苦，不爱就有多少寂寞和空虚。亲人之爱，朋友之爱，爱人之爱，事业之爱，并不是都能和谐统一的，往往是此消彼长的，陷人于矛盾纠缠之中。付出爱不一定能得到爱，得到的爱不一定是真爱，爱过不一定不后悔，真正的爱不一定要说出来，埋在心底里的爱不一定就能长久，分开的人之间未必就没有爱……爱有很多给不出标准答案的难题，最要紧的是要明白：亲情血浓于水，爱情无私无畏，友情神交于心，只要是真爱，不论得失，存乎天地。真正给予你理解支持的人，才是值得你珍惜的人。爱，不要求你选择，无条件地为你的事业和大义付出。那么，对这样的爱，你不光要懂得、珍惜，还要忠诚和回报。

事业呢？事业有两个含义，个人的事业和你所在的群体的事业。个人的事业与你所在群体的事业相一致，才能相得益彰，不然，困惑、失落、消沉，让你找不到方向和快乐。那么，为了群体的事业可以调整你个人的事业，可以牺牲你的健康、你的尊严、你的爱吗？如果说可以，是格调高了些；如果说不可以，是自私了些。当出现这种情况时，人生的智慧就显出它的重要作用来。智者必不做两难选择的，智者会九九归一，百川到海的。不要说没有办法了，没有办法只有一个答案。而说行，就会有很多种可能。

最后说责任。我想，人生最不能推卸的，就是责任了。

责任把一个自然人变成了社会人。一个人对父母有赡养和给予幸福的责任，对子女有抚养和培养的责任，对集体有贡献才智的责任，对友人有帮助和扶助的责任，对爱人有患难与共的责任。一个不讲责任的人，不仅活得委顿，而且活得失败，活得空虚，活得不知道为什么要活着。而一个负责任的人，尽管活得辛苦，活得沉重，却也活得充实而幸福。能流出泪水的眼睛，往往是最明净和清澈的。就像那个人的心灵，丰富而且生动。

要我选择，自然是按责任、爱、尊严、事业、生命这样的顺序将小于号画下去。活人不自在，自在不活人。任何时候，责任都是第一位的。当我对亲人、友人、事业饱含深情饱含爱时，我想，尊严的获得就是不言而喻的。作为女人，事业和生命诚然重要，但是，它们不是女人成其为女人的关键。一个女人，当你成为某一个集体某一个团队的领头人时，没有人会忽视你的性别。敬佩、支持你的人因为你是一位优秀的女性，给你麻烦的人也因为你是一位优秀的女性。女人能做的事业男人也能做，但是，女人一旦牺牲了尊严和爱，再大的事业成功都带不来幸福，再长寿的生命都是一种变本加厉的折磨。

……

就要结束此文时，孩子喊我上崖顶晒太阳。此时无风，阳光暖熏熏的，沟壑之间一片静寂，间或有零星的爆竹啪啪响过。对面崖上的窑洞看起来冷清清的，但我知道如果将距离拉近再拉近，就会有一个活泼泼、闹腾腾、热乎乎的农家新春展现出来。脚下是黄褐色的衰草，蹲下来扒一扒，绿色的新茎就露出来了。毕竟已经立春好些时日了。铁黑色的柿树和枣树依旧是瘦骨嶙峋的样子，枝枝杈杈地向湛蓝的天空伸展。谁说过的，家乡的黄土地上，最可敬重的就是这两种树了——因了它们的坚韧、刚毅、易活而又不吝付出。它们在冬日的萧条和在秋日的丰硕是多么鲜明的对比呀！

这样的时光让我想起四个字：岁月静好。时光在此刻停滞了，黏稠混沌，不可以再想任何纷扰。还是将这样的时刻以一当十吧，可以告慰自己的是，人生并不总是在做抓五子的游戏。

好歌唱给知音听

春节期间，我休假在家，有机会让母亲在我家住几天。除了晚上一起看电视连续剧以外，母亲会叫我整理日用的东西，或者做一些我平时不怎么做的饭菜。我明白，在母亲心里，我始终是一个生活方面的低能儿，已过古稀之年的母亲，总是不失时机想教会我一些东西。不论我做得如何，年轻时特爱“弹嫌”的她这时总会笑着说：“行，能行。”

那一日，母亲看我蒸馒头，问我她以前从老家给我捎来的馍褥放在哪里。我从吊柜最上面的隔断上取下一个袋子打开给母亲看。我以为母亲看我保存得很好会高兴，谁知她神情却有些黯然，轻声说了一句：“你妈带给你的东西，你都没有打开看过呀。”我连忙解释说：“看过了，看过了，不过看过后原样放好了。”母亲做出释然的样子。其实我知道，母亲给我准备这些东西，不是为了让我留存，也不是为了让我看，而是希望我能常常用到。至此，我方才理解，在母亲心里，她一直希望女儿做一个平常的女子，本分地伺候好一家的衣食，过最日常的生活。只有这样，女儿才是一个幸福的女子，她也才算是一个称职的母亲。

忽然就想起王立春送我的诗集《骑扁马的扁人》。她在扉页上写了一句话：好歌唱给知音听。她是当今最优秀的女诗人之一，她视我为知音，我自然高兴，却并不惊讶。我们报社年年举办作家进校园的活动，以前邀请的全是童话作家，有一年我却力排众议请她来主讲。我喜欢她的诗，没有谋面就喜欢上了她的人。我知道她是有生活有故事有灵气有敏捷才思的人儿，知道她能驾驭了这样的工作与场面。她来太原，先在一个小教室里试讲，孩子们嚷嚷得像开了锅的水。晚饭时，我一条条给她提意见。旁边，同事频频给我使眼色，怕她面子上挂不住，想打断我。她却像我想的那样，坦然自在，不断点头称是。第二天，在长治的一个礼堂里，王立春正式首讲。现场忽而安静得掉一根针也听得见，忽而掌声骤起如雷贯耳。后面的几天，她的演讲效果都火爆异常，我与她给孩子们签名，签到手酸胳膊疼。王立春从沈阳医院出来就来山西，带病在长治巡回演讲一周，她没有售书，没有按天按课时收讲课费，只拿了些许微薄的补助。我心里感动，但并不告诉她。分手时她对我说，为了孩子，为了我们之间的情谊，不论何时，她招之即来。自那以后，即便很长时间不联系，每每想起来，心里都是亲近的。

看电视剧《康熙王朝》，康熙与姚启圣的戏深深打动了我。康熙磋磨姚启圣，苦其心志，不单单是因为他将降大任于他，而是因为他了解他，洞彻他，明白他虽然桀骜不驯，却依然希望有机会为国为民做一番事情。姚启圣实施平台政略与战略，不顾民怨鼎沸，迁界禁海，并“耳提面命”让康熙不能先提出和谈，康熙不仅不怪罪他，反而将他视为知音。康熙背悖祖宗遗训启用姚，姚不畏生死全力平台。收复台湾后，康熙命姚启圣“丁忧”，看似罢黜，实为保护，所以姚启圣坦然谢恩。他们各自的好歌，只有对方才是懂的人啊。

年轻时总以为知音就是那些跟自己言语投机、志同道合的人，后来读了管仲与鲍叔牙的故事，有了新的体会。管仲曾有几句言语道：“吾尝一战一北，鲍叔不以我为怯，知我有老母也。吾尝一仕一见逐，鲍叔不以我为不肖，知我不遇时也。吾尝与鲍叔谈论，鲍叔不以我为愚，知有利不利也。吾尝与鲍叔为贾，分利多，鲍叔不以为贪，知我贫也。生我者父母，知我者鲍叔！”无论管仲分金不公还是临阵脱逃，鲍叔牙都给了他充分的理解和不变的信任，而这理解和信任的基础，正是因为懂得啊。所以，所谓知音，也许正是张爱玲所说的“因为懂得，所以慈悲”。

人到中年了，生生死死地爱过了，分分合合地结交过了，进进出出地带过团队了，波澜起伏的时候日少一日，涕泗横流彻夜不眠的光景也很少有了，不是心淡了，胆怯了，而是对爱，对情，对缘，对人性，有了更透彻的理解。那些年不间断地写文章，总是想着给哪个人，哪些人读。忽一日不怎么想写了，因为不知道能耐心读完能读懂的人，有没有在不在。后来又思虑，写着写着，总会有人读，总会有人懂。如今方才明白，懂的人自然懂，不管你写不写，不管你写了什么。

小时候以为，知音就是“不求同年同月生，但求同年同月死的人”，现在看来，那不过是江湖权术而已。知音贵在神交，何必朝暮，何必形影，何必言语。有一日你站在池塘前，你看鱼，鱼看你，你看的也许还是你，鱼看的也许还是鱼。人生如是，有时候，知音不过是缘分，你懂他，他懂你，你们碰巧遇在一起。而有时候，知音不过是你投在对方身上的影子，他只是乐意做你的影子而已。就像母亲为我做的那些琐屑事情，在我心里，全是天籁一般的爱之歌啊。

凡亲人，凡朋友，即便一遇而过的路人，心底里总是相亲的，或者善意的，只是有时候因为不懂，不知音，再动听的好歌，也引起相嫌或相斗，弄出许多龃龉来。而但凡知音，正像庄子所说“得意而妄言”。只要会意，所闻皆是好歌。

人的前半生，越走越重，后半生，便想越走越轻。好的知音，我以为是那些明白、懂得就可以了的人，你不要在他身上找你的影子，他也不要在你身上找他的影子，彼此干净利落，又心存一份淡淡的欢喜与祝福，这境界便是：你若安好，便是晴天。

约会自己

路过一面镜子，大多数人都会慢下脚步，哪怕是匆匆的一瞥，也会审视一下自己。那么，在迅疾的生活的洪流中，我们能不能把持住自己，经常给自己留一点儿时间，来约会约会自己呢？

约会自己，需要反观自己。以他人的眼光从他人的角度，尤其从你所在乎的人的角度，从在乎你的人的角度，来看看自己。这个世界上能帮助我们的人很多，但是决定我们成为什么人的只有自己。只有通过深刻的省思，才能够找到圆满和清明的意识，才能从纷繁的物象与强烈的我执中超拔出来。

约会自己，需要不断地确认自我。我的家在哪里？我有过什么样的童年？我曾经想成为什么样的人？我从哪里来又要到哪里去？当初的渴望如今是温热还是冰凉？今天的我让我喜欢还是让我厌恶？我做的事是我喜欢的吗？我身边的人是我热爱的吗？我走的路是我自己选择的吗？我过的生活是我想要的吗？我对未来的未知有足够的准备吗？确认自我，也许痛苦，也许欣慰，但是，这是我们成为自己的必须的过程。

约会自己，需要不断地和自己进行沟通。一个百炼成钢的沟通高手，遇到最难沟通的对象都会是自己。我们不断在昨天和今天之间纠结，在今天和明天之间游移，在物质和精神之间拉锯，在自己和他人之间拔河。放弃什么，追求什么；离开谁，追随谁；否定自己，坚定自己；慢下来，赶上去……别人的引导和教诲，都不如自己的选择明确有力。一个沟通不了自己的人，说服不了自己的人，注定有着迷茫、阴郁、狂躁的内心。

约会自己，还要给自己一定的细心呵护。为了一些人，为了一些目标，为了一些难走的路，为了一些值当不值当的物质，我们常常忽视了——我们是平凡的女人，我们是普通的男人；我们有着最平常不过的凡胎肉身；我们胸腔里的那块噗噗跳动的东西，与他人一样有血有肉；我们大脑里盛装的，是与他人差不了多少的沟回……我们需要给自己给养，让自己松弛，哪怕是一个短暂的没有梦境的深度睡眠，也是我们需要的犒赏和慰藉。不要去等待爱、亲情、友谊。爱自己，不需要太多依赖和理由。

就这样，让我们给自己时间，让自己在自己这面镜子前驻足，用目光抚摸伤痛，用双手熨帖疲惫，用心灵温润自己。在与自己的约会中，找到前行的方向和力量。

减　压

像今夜这样的晚上，适合什么都不做，什么都不想，静静地躺在床上，听雨淅淅沥沥地，落在屋顶上，落在树叶上，落在廊下的盆中。平时那嘈杂的市声，被这雨声过滤了去。渐渐地，绿了心，平了心，湿了心。恍恍惚惚中，似睡非睡，似醒非醒，好像在梦中，又好像回到了阔别已久的故园，回到了垂髫之年，还好像被唐风宋韵洇润一般，似乎是那个蛾眉宛转，水袖层叠的妆楼凝望之人。

多年来，听雨是我的一个让自己休憩心灵的习惯。因为在雨中，可以模糊了时空，模糊了现实与虚幻，模糊了节奏与压力。

在有时间的情况下，我喜欢村居的日子。朋友说我是村里娃娃，离不开泥土离不开娘的土炕。走在乡间小道上，嗅着庄禾的芬芳，听着农人的俚语，耳边再掠过飞鸟和草虫的鸣叫，就会想起小时候的章章幕幕，就会知道自己是从哪里来的，在哪里长大的。回到家里，端起妈的饭碗，或者躺在妈扫得平展展的炕上，还有什么烦恼能够萦心不走呢？

近几年来，我又多了一种减压的方式，那就是练瑜伽。深夜或者清晨，静静地练一会儿，你会觉得你像一棵雨后的翠竹一样，笔挺而清新。你会觉得筋骨柔软，气血顺畅，耳清目明，觉得自己从内到外都平和入定，宁静纯粹。我练瑜伽，没有进过专门的场馆，没有拜过专门的老师。前几年在北京学习期间，每天早上跟着电视学一两节，时间长了，记住了一些动作。后来，又买了光盘，跟着练。有时候，连音乐也不放，就那样数着秒针练，滴答滴答地，倒也别有一种无韵之韵。有时候就是边看电视边练，权当是做柔软体操。练瑜伽会提升人的气质，改善人的体形，更重要的是，让人平和自信。所以，我给许多朋友都极力推荐这种运动方式。

另外，还有一种方式能让我忘却压力和烦恼，那就是与文字交谈——阅读或者写作。母亲常认为看书和写字是费脑筋的活儿，我小时候，她宁愿我多逛逛街多串串门，也不愿我多看书。可是，在我来说，与文字交谈，会让我进入另一种状态，一种非生活的，非工作的，完全私人化的状态。或者默默流泪，或者会心一笑，文字会让我的灵魂超然而舞，凡尘俗世这时候会裂开一个口子，让我轻而易举地逃遁而出。

还有吗？当然还有，那就是与知心朋友交谈。绝对封闭绝对自我的人，得不到真正的放松。如果有人能静静地听听你像家庭妇女一样絮絮叨叨而不心烦的话，你真是有福之人了。

现代社会，职业女性都有减压的现实需要。痛苦或者压力，用庸常的追逐快乐和热闹的办法解决不了。我的体会是，一定要选择适合自己的方式，让自己的心有宁静下来的时间。静心才是指向内心的减压良方——如果我们不能改变环境，就让我们来改变自己。

多年前看过一本书，上面说，静心就是让灵魂回家（大意如此）。让心踏踏实实地放好，放平，放在该放的地方，可不就是回家的感觉吗？

如果我们为我们得不到、没把握的东西而焦虑，不如让我们找回自己。

女人心

那年春节后，婆婆被发现患了乳腺癌，医生诊断是中期，需要化疗、手术，然后再放疗。一开始大家打算瞒住她，可是，在医院里住了几天，她就什么都明白了。她知道自己的病情以后，我心里惴惴不安，不知道她会多难过，会想些什么。那天晚上，一家人围坐着，讨论给她吃什么，喝什么，如何补充营养。她突然说："我看人家某某带的假发挺好看的，你明天帮我买一个吧。"我说："可以。"孩儿爸就说："你头发还没有开始掉，着急买假发干什么？再说，你看人家戴假发好看，你不知道戴上有多不舒服。"孩儿爷爷也说："都老太婆了，没有头发戴个帽子也成，买什么假发！"我赶紧说："现在戴假发人挺多的，我明儿就去买。"

第二天，我特意去买了两套假发——一套给婆婆，一套给自己。我帮她把头发套进去，整理好，把她拉到镜子跟前。她看看镜子里的自己，有些不好意思地说：“怎么比我自己的头发还好看啊？不过，有些不像了啊？”我说：“习惯了就好了。”然后我又试我的，给她看，她满心欢喜的样子，连说：“好看，好看。”

由婆婆要假发这件事我想到，再老的女人也是女人，她首先考虑的，当然是自己的形象。也许平时在别人眼里，她是一个还有些邋遢的女人，但她大病之后希望的，不过是自己看起来像个正常人而已。

夏末的一天，我正在一家减肥店里接受按摩，砰，门一响，进来一位大姐。她径直就脱了裙子，上了体重秤。一个工作人员过去帮她秤。她大呼小叫的，为一天减重一斤多欢呼。我忍不住看她，肤黑，隐隐有白发，身材不算胖，着装很普通。忽然，我发现她两条腿的颜色不一样，不由问：“你穿的什么袜子？怎么两条腿不一个色儿？”她笑着说：“我去年出了一个车祸，这条左腿是假肢。”我一时语塞，为自己的冒失而不安。她的表情却没有丝毫的异样，秤完就上了按摩床。

那一整天我心里都装着这个女人，不是因为我唐突了她，而是揣摩不透她减肥的心理。我想，如果是一个正常的女人，遭遇那么一个意外，能保住性命，能维持基本的生活，就已经谢天谢地了，她怎么还会想到减肥？她本身也不胖啊。况且，带着一个假肢，怎么算自己的体重啊？这是发生在我眼前的一幕，在我眼前出现的一个真实的女人，但是，我却不能用不正常来形容她。因为我看到她坦然大方，比我这个健全人有过之而无不及。她告诉我，女人追求的，往往不仅仅是正常。和女人的生命相随相伴的，还有永远不会磨灭的一颗爱美之心。

有一天，我路过广场，看到一个十八九岁的女孩儿边走边接电话。这个女孩儿其貌不扬，穿着廉价的地摊货，拎着PU材质的手包。可是，她从我眼前走过时，我发现广场上所有的东西都暗淡下去了，所有的光芒仿佛都聚集在她身上，不，是脸上。她脸上带着发自内心的甜蜜的笑容，这种笑容让她普通的五官乃至脸上明显的雀斑都熠熠生辉，光亮无比。我知道，那是爱的力量啊。电话里，一定有一个其貌不扬的，或许还一文不名的男孩儿，在向她说着动听的情话。青春的美丽在这一刻是多么公平啊，相貌、金钱、地位，都不能阻止它降临到一个普通的女孩儿身上。

又有一天，我走在斑马线上，忽然看见对面走着两个老人。他们穿着普通的居家服，头发花白，脚步却很利落。像磁石一般吸引住我目光的，是他们的手。老太太的手被老头儿紧紧地攥着，像攥着今生最贵重的宝贝一样。在我恍惚的当儿，他们已经穿过马路。这时，我看到老太太回头看了一眼。那是多么普通的一个老太太啊，我因此而不能说出她容颜上的任何特点，可是，我真切地看到了，看到了快乐的笑容就那样自然地绽放在她布满皱纹的脸上，无忧亦无惧。

常常有人抱怨女人的心像天上的云，海底的针，琢磨不透。经过了这些女人女事，我就明白了，女人的心，其实很简单很透明。为了在所爱的人眼里显得更美一点儿，女人会心甘情愿地去折腾自己。而其实，只要男人有爱，就可以让自己的女人变得很美很美，哪怕她很普通，或者很沧桑。

我们正日渐老去

那是一个普通的早晨。鸟鸣声牵着春光，早早地跑到我的屋子里来。像往常一样，我做好早饭，打发孩子吃完去上早自习，接着晨练，然后听着音乐整理卫生。就在我清扫客厅地板时，突然一下剧痛，弯着的腰不能动了。我保持一个僵硬的姿势好一会儿，勉强挪到床上躺下。躺了一会儿，心里不服气，又起来，想把没有进行完的清洁工作进行到底。刚扫了两下，又一阵剧痛，弯着的腰又不能动了。

躺到下午，在同事的陪伴下，我像一个年迈的老妇一样，佝偻着身子去医院做了检查。自此，我的概念库里又多了一个词语：腰椎盘膨出。一时间，关于这种病的注意事项从各个渠道跑过来，包围了我：不能久坐，不能多站，不能多走，不能负重弯腰，不能着凉，不能穿高跟鞋……我感到我手里握着的大把大把的青春时光突然一下子飞奔而去，我在毫无设防的情况下深坠进一个年龄的陷坑，这个陷坑的名字就叫“老”。

像头上一个天眼突然被打开，我惊奇地发现：吃饭时，同龄的朋友要伸长胳膊看菜单了；比我还要小的妹妹心情抑郁，怀疑自己提前进入更年期了；那个我暗暗羡慕嫉妒恨的天然美女，脸上的色斑被遮瑕霜围追堵截却依然原形毕露；当年那个苗条如细柳的校花，现在腰上像套了一个大游泳圈；那个常常自诩为帅哥的男士，一个月不染头发，就显得暮气重重；而每当夕阳垂垂，马路上那一行一行的走路大军似乎在宣告：除了健康，我们一无所求……

有一天，我接到一个请柬，是一个朋友的儿子结婚。当我到达酒店大堂时，我看到了站在一对璧人旁边的这位女士。她的筒裙下，是一双过时的长筒靴；她的毛衣上虽然披了一条披肩，却没有给她增添任何的风采，反而显得累赘；她的脸上涂了厚厚的粉，让她的红唇看起来怪诞不堪；她的长发挽成一个髻，使她看起来像一个真正的老太太。我满怀心酸地想起，十多年前我跟她一起出差，她身材高挑，装扮清雅，面白肤滑。每天晚上，她都要吃保养的中药丸。她一边往脚上涂护肤霜一边用不屑的口气对丑小鸭一般呆看着她的我说：“人都说女人还是年轻时候好，我从来不相信年龄会给人带来什么……”

不知道她是否还记得当初她说的话，这会儿，我深刻地体会到了年龄对女人而言意味着什么。她看我入神地看着她，把嘴凑到我嘴边说："这次办事，我一件新衣服也没有添，这都是以前买的……"我越发觉得一种悲凉淹没了我，心里浮上来两句词：怎奈何，如花美眷，终不敌，似水流年。

在外出差，每次打电话，母亲总是问：什么时候回来？别人都以为是母亲牵挂女儿，我却知道，母亲在等我给她洗澡。母亲老了，一辈子爱干净的母亲老了，老到手臂无法抬高洗发，老到腰弯不下洗脚，老到没有力气搓澡，老到不会调节龙头的水温，老到随时可能滑到，老到一直有一种母亲的馨香的身体也有了酸腐的气味……母亲一边由着我给她洗澡，一边唠叨着："年轻时候，从来没有想过，会老到这样，怎么什么都干不了了呢？怎么就成了一个废人了呢？"而我明白，有一天，我也会这样老，老到所有的能力都废掉，什么事情也干不了。

是的，我们正日渐老去。也许，听到帅哥美女叫我们叔叔阿姨，我们还有些不习惯；小孩子们喊我们爷爷奶奶，我们还有些不好意思。可是，我们真的在变老。昨晚的一个梦，今天可以说好几遍；到嘴边的一句话，怎么也想不起来；聊天儿聊得最多的话题，不是孩子就是养生保健；每天早上洗脸，都会有意识瞧瞧头发的颜色……

是的，我们正日渐老去。脾气变好了，火气变小了，性子变缓了，脚步变慢了，口味变淡了，心思变轻了，思想变旧了……我们变得越来越像我们曾经反抗过、叛逆过、对峙过的父母、老师、领导，越来越像一个——老人。

既然变老是一个不可逆转的过程，那就让我们接受这个规律吧。在日渐变老的行程中，慢慢体会生命中那些细微而深长的变化，体会生活给予我们的丰富的体验与感受，体会反复无常的世事人情和大味至淡的亲情友爱……

也许，在失去了许许多多令我们骄傲的东西之后，我们可以骄傲地说一句，我们正行走在日渐老去的大道上。

十年以后

昨天，跟一个比我小十岁的朋友聊天，一到十一点儿半，我马上说："不行，我得回家做饭了。"她很诧异，她以为我从来是不料理家务的。我说："孩子上高二，走读，一日三餐都要按时弄好。特别是早餐，五点半就要起来做。"她问："这么早啊，不能给他钱让他在学校吃早餐吗？"我说："不行，早餐在家吃又热乎又卫生，还是在家吃比较好。"

这个"小朋友"露出一脸无奈的表情说："看来，这就是我十年以后的生活。"是啊，她的孩子现在上幼儿园，十年以后上高中。

十年以后，过什么样的生活？这在我们还比较年轻的时候，是一个容易让人想入非非的问题。可是，如果有人告诉你，十年以后，你注定要做一个满身油烟味儿的煮饭婆，注定要做一个连让孩子喝水这样简单的事情都要重复三遍以上的唠叨老妈，注定要做一个天天都要洗涮抹扫一脸尘灰的黄脸婆，你会怎么想？

当然，如果经济允许，可以有家政公司、保姆、钟点工帮你，但是，家务可以由人代劳，一个做家长的责任，却必须要自己去尽到。点点滴滴细如发丝的事情，没有人能够像母亲想得那样周到。尽管，在青春期孩子心目中，母亲常常是一个让人厌烦的角色。他们想像风筝一样自由飞翔，可母亲却是他们身后那根线，总是试图把他们拉回地面。

小时候，我想想母亲、姐姐们走过的半辈子的路，常常倒吸一口冷气。难道我也要过那样的生活吗？围着炕头、灶头、地头过一辈子吗？理想的人生，应该绚烂多姿曼妙无比，应该诗书文章纵意天下。可是，努力读书十六年，努力打拼十六年，我还是结结实实落到地面上，心甘情愿做我的煮饭妈妈。

近两年来，我真切地感受到，人真的是到什么年龄想什么年龄的事情。譬如四十岁想的问题，一定跟三十多岁想的问题不同。不光问题不同，看问题的角度也不同，处理问题的方法也不同。二十多岁意气风发，三十多岁锋芒毕露，四十多岁平和踏实，五十多岁沉稳豁达。呵呵，像我这样一个敏感细腻的文学青年，现在不也变得皮糙肉厚日趋混沌吗？

几乎没有什么可以逃开生命年轮的轨迹。

想想，人生就如四季，冷暖如常，节气分明。这个月想到下个月的样子，今年预料到明年的状况，其实也没有什么不好。没有哪一阶段的生活是不好的。所有的经历都是一笔财富。做人，还是要“应季”才不会苦恼。至于确实想做反季节的那棵青菜也行，只要你尽好你应尽的责任，在此基础上，想做什么样的人，过什么样的生活，那才是自己的事情。

给十年后的自己

使劲想也想象不出来，十年后你是什么样子。对着一个不知道是什么样子的人，一时还真不知道该说些什么。

但是我知道，十年后，不管你站在一个什么样的舞台上，你都会面临一次谢幕。奋斗与攀爬，荣光与挫折，事业也罢，工作也好，理想也罢，生存也好，都即将画上一个句号。我想提醒你的是，像大学毕业时那样，不管心胸如何激荡，你都要优雅地说再见，决绝地转身。心存感激，善始善终。即使眼角含泪，也要面露微笑。这个世界上，只有演员找不到舞台，没有舞台找不到演员，所以，不要留恋，不要不舍，用尽了一生的气力努力去扮演好一个角色，这时候就要以最大的决心卸妆。从今以后，做一个完全的自己，去做自己真正喜欢做的事。记住，三件事坚决不能再去做：朝九晚五的，管人理事的，负有经济责任的。人生三分之二的时光都给了工作，给了别人，给了那些你勉为其难的事情，剩下的三分之一，你要完整地留给自己。不要再去为钱做事，不要再去为面子做事。也许还会有一些事想做，比如去做一些规模不大的讲座或演讲，比如办一个小小的书馆，带十来八个孩子，读书，诵经，做一个无私无欲的传道者。总之，要做的事，必须是自己能够享受到快乐的事，是自己有把握的事，是自己不为难也不会为难别人的事。尊严和体面，将是你给自己的最有价值的礼物。

年轻的时候，想要的东西很多很多，为了它们常常拼耗精力，牺牲健康。现在，你明白了，一个人一生，能始终陪伴自己的，始终不离不弃的，只有自己的身体。所以，你要善待它，让它健康而有活力。十年后，希望你还能坚持练瑜伽，每天用四五十分钟时间，静心，专注一境，倾听自己的每一次呼吸。不再刻意减肥，不再刻意保持体形，但是，一定不能无拘无束，一定不能把自己放纵得无法收拾。不要贪图口舌之福，不要相信所谓的健康顾问、营养医师，不吃营养品和保健品，相信五谷果蔬完全能够满足在乡村里长大的你。要能听懂自己身体的语言，即便是有大疾病，也不随随便便把自己交给医生处置。要有好的作息习惯，晚上九点上床，睡到自然醒。要知道，年龄越大，睡眠越宝贵。睡眠的时间越来越短，睁着眼数更漏的时间将会越来越长。与其在深夜里怀想往事，不如在清晨去踏风观日。

与健康息息相关的，就是心境了。不论遇到什么事，什么问题，要让自己的心能够很快平和清静下来。走过了大半辈子的风雨，但愿你能超拔而坦然。反常和逆旅，都会安之若素。要能在手掌心里看到幸福，让微小的获得带给自己满足的喜悦。不要错过同学、朋友的聚会，也可以隔三岔五，约三朋五友一起喝喝下午茶。少年知己，莫逆故交，曾经被杂事俗务所阻隔，很难相聚，现在，你们要抓紧时间，见见面，说说话，惺惺相惜度余生。养养花，喂喂鱼，做一些简单的手工，和不太复杂的餐食，让孩子们远离垃圾食品，吃得健康而可口。

你的爱好呢？上面的这些，不算。你一生不应放弃的，就是坚持写作、阅读、诵读。它们能让你的心宁静、充实、丰富而深刻。到这个阶段，已不再去奢望能达到什么样的高度，只是坚持而已。也许，唯有一辈子坚持自己的爱好，才是你一生最大的成就，你因此格外崇敬自己。也要抽一点儿时间，出门走走。不要在乎走多远，走多长时间。其实，世界上最好的风景，往往不是眼睛里看到的那些山水，而是装在你心里的那片天地。

这么多，都是自己的打算，家人呢？一生都在照顾别人，年岁越大，当然越会在乎家人和亲人。不知道那时候老人是否还健在。如果健在的话，要知道，堂上二老是活佛，要敬奉他们，花时间多陪陪他们。最难相处的，恐怕不是公婆，而是子媳了。你是把他们当孩子，还是当成人，这关乎重大。他们的衣食住行，他们的工作学习，你会不会干预过多？告诉自己，三十而立，不要再去担心他们，他们该承担的，理应让他们承担。他们对你的照顾和呵护，也要坦然接受。孙辈呢？放心让他们的爸爸妈妈教养吗？会不会有严重的观念分歧？要解决这些问题，有两个途径，一是自己要多学习，更新观念，和年轻人保持同步。在教育孩子的问题上，不越位、不包办、不代替。二是民主，一家人多交流，多沟通。对孩子要爱而不宠，严而不厉。要让孩子从小养成良好的生活习惯、学习习惯。让他爱上阅读。让孩子多参加一些活动，在组织与参与的过程中培养独立、自主的品格。不要培养出小皇帝、小公主，也不要培养出小大人。不要过分相信和依赖学校教育。要知道，家庭是孩子成长的土壤，撒什么种子结什么果。

过了知天命之年，你可能会变很多。但是看了上面这些，我发现，你骨子里的东西还是没有变的，那就是，对自己要求很高，凡事追求完美。年轻时为此承受很多痛苦，这时候你应该适当放宽标尺，顺其自然。如此的话，你会是一个很可亲、很可爱、很可敬的小老太太，不是吗？

不做贪心人

今天是新年的初五，也就是破五，我在单位值班。单位里非常安静，我心里也非常安静。我想，新年里，我要对自己有一个要求，而且，必须把它写下来，强迫自己去做，强迫自己去改变。我想了好久，那就是，新年里，我要做一个不贪心的人。

工作上不做贪心人。绝不要同时做几件事情。做一件事情，就一心一意做好。一心一意做一件事情，不仅能提高工作质量，而且，有益于自己身心健康。不要在所有的事情上都全力以赴，集中精力做好重要的事情。多关注身边的人。不发表长篇讲话——免得浪费别人的时间。多写短文章——不知算不算一种低碳生活？能不具体做的事情尽量给别人去做——让自己有时间来思考，让别人有机会来展示。

生活上不做贪心人。不贪小便宜在淘宝上买便宜衣服，不要在反季销售的时候买一大堆东西——因为买回来的很难称心如意，反而造成浪费。衣服不多买，但是买的时候一定要试，只买一些够穿的有一些品质的就可以了。当然，书还是要在网上买，因为网上既能打折又能送货上门。少坐车多走路。再忙也不要把锻炼压缩掉。不能专门去锻炼的时候，步行半个小时以上。对孩子的要求不要过高，引导他发展长处，而不是弥补短处。只要孩子身心健康，人品性格没有缺陷，就应该乐观和欣慰。

感情上不做贪心人。要对自己身边的人尽责任，要以好心对人，但是不要期望好心能换回好心，爱能引来爱。不要埋怨。不要发牢骚。不要顾影自怜。不要等待这一季开过的花下一季还能开——不是所有的花都是月季。不要想在所有的树上都能摘到果子。无功而返的路上，不要后悔——边走边欣赏沿途的风景也是一种享受。不一定要上寺院，但一定要有佛心。保留悲悯和宽容，不顺心的事情一笑了之。朋友不要多，但是一定要有。除了别人，自己也可以做自己的朋友。爱人，先要爱自己。透支什么，都不要透支感情。任何时候，任何情况下，都不要做爱无能的人。

幸福这个东西

“幸福”这个词最近热度很高。

从春晚到两会到即将到来的三八节，“幸福”成了媒体上出现频率很高的一个关键词。看来，提高幸福指数不仅是老百姓热心热议的事情，而且成了政府的执政新追求。

前两天，我在杨澜的微博上看到这么一条信息：“由全国妇联宣传部、阳光媒体集团、中国之声、湖南卫视、新浪网共同发起的中国女性‘寻找幸福力’年度行动马上就要开始了，请各位贡献一条有关幸福梦想‘追求幸福’分享幸福的心得或故事。”

看到这个，我就想，幸福到底是个什么东西，让大家如此关注、关心、热爱？

幸福首先是要有物质基础的，但不能量化，或者说，没有具体的量化指标。

比如说，我小时候，人们梦想的幸福生活就是“楼上楼下，电灯电话”。不到三十岁，我实现了这个目标。两个工薪族搬进二层小楼，一个小宝宝踉踉跄跄楼上楼下跑，一双小脏手把雪白的墙弄出一块一块的黑，那个高兴劲儿呀，幸福！

可是，年轻人新的梦想又出现了。等我们一个一个格子爬，硬是用稿费把七千多块钱的方正电脑装进书房，又傻乎乎地在胸前吊着一个摩托罗拉V8088精美手机时，我突然发现，同事每天上班打开电脑最先搜索的关键词变成了家庭汽车、双飞旅游。哎哟，这兴奋劲没有两天就被新的压力取代了。

继续奋斗。老人双飞三亚回来了，脸上的菊花开满了一本一本的相册。上班很近，家庭汽车也可以暂时不买。可是这时候，朋友们有意无意地告诉你，他在海滨城市有套房，平时出租，闲时用来度假。还有人说打算送儿子出国留学，送太太到北京去为女儿陪读。

没有物质基础奢谈幸福就像是阿Q一样。可是，如果说物质的满足就是幸福的话，永远也不可能有幸福。因为社会是发展的，物质的层次会越来越高。追赶物质的步伐，你会永远处于气喘吁吁疲惫不堪的状况，何来幸福可谈？

幸福和钱有关系，但好像也没有太大的关系。

有钱不代表有幸福，钱多的人也不一定比钱少的人幸福。最近网友间疯传的一个邮件《我把幸福传给你》中写道：

有了钱，你可以买楼，但不可以买到一个家；

有了钱，你可以买钟表，但不可以买到时间；

有了钱，你可以买到一张床，但不可以买到充足的睡眠；

有了钱，你可以买书，但不可以买到知识；

有了钱，你可以买到医疗服务，但不可以买到健康；

有了钱，你可以买到地位，但不可以买到尊重；

有了钱，你可以买到血液，但不可以买到生命；

有了钱，你可以买到性，但不可以买到爱……

看来，幸福是建立在一定物质基础上的心理需求的满足。哪一种心理需求？不同的人有不同的心理需求，同一个人不同时期有不同时期的心理需求，不好一概而论。

幸福是相对的。

对一个病残的人来说，健全就是幸福。

对一个饥饿的人来说，吃饱就是幸福。

对一个疲惫的人来说，能正常作息就是幸福。

对一个失眠的人来说，能好好睡一觉就是幸福。

对一个没有个人时间的人来说，自由就是幸福。

……

幸福来源于比较。

和自己的过去比，进步了、提高了就是幸福。

和周围的人比，过得好一点儿、超出一截截就是幸福。

和自己的期望比，接近了、实现了就是幸福。

和一个团队的目标比，完成了、达到了就是幸福。

……

幸福来源于知足。

不知足，家庭温馨生活枯燥。

不知足，有人疼爱嫌他啰唆。

不知足，薪水月月领就是涨得慢。

不知足，走遍天涯没有一个地方可以安放心灵。

……

幸福来源于爱。虽然，爱常常与痛苦为伴。但是，没有爱，就没有寄托，没有希望，没有灯火阑珊峰回路转。

爱一个人，他的快乐就是你的快乐。

爱一个人，他的健康就是你的健康。

爱一个人，他的顺利就是你的顺利。

爱一个人，他的成功就是你的成功。

……

幸福来源于信仰。

有信仰的人，纵然贫穷饥饿，他认为“这是你的罪孽，亦是你的福祉”。

有信仰的人，纵然不被理解，缺少支持和爱，他认为“罪孽是罪孽，爱亦是爱”。

有信仰的人，纵然有刑狱、掉头之险，他认为牺牲就是幸福。

有信仰的人，满怀慈悲，对万物充满敬畏，内心和谐宁静，能够获得他理想的精神的自由和幸福。

……

在我看来，幸福这个东西，有点儿像阳光，像新鲜的空气，像脚下的土地，它每天围绕着你，陪伴着你，而你常常浑然不觉。但是，当它有一天离开了你，你就会苦恼、烦闷、痛苦甚至于生不如死。

对于幸福，不同人有不同的见解。

比如，蔡琴说，在很小很小的事情上捕捉幸福，你会越来越幸福。

比如，闾丘露薇说，我大部分的时候处于幸福的状态，因为我不依靠未来的好，而是享受着当下的所有，爱着眼前的人。幸福，其实来自于自己的内心，自己可以做主。

比如，李碧华说，快乐美满的人生就是，七成饱，三分醉，十足收成；过上等生活，付中等劳力，享下等情欲。

比如，富兰克林说，幸福来自成就感，来自富有创造力的工作。

比如，巴尔德斯说，把别人的幸福当作自己的幸福，把鲜花奉献给他人，把棘刺留给自己！

当然，我们普通人，也有我们普通人的幸福观。

比如，有的网友说，爱的能力+感受爱的能力=幸福力。

比如，有的网友说，幸福是一种心态，是感恩，是珍惜，是满足。

比如，有的网友说，幸福很多时来源于能倾听到自己内心的声音！

比如，有的网友说，不用为吃饭操心，不用为看病操心（不包括绝症），不用为孩子上学操心，就是幸福。

比如，有的网友说，幸福力不仅取决于个人的努力，也应包括生存环境的改善、生态环境的安全和社会环境的公正。如果水是污染的，药品是假的，食品是有毒的，又有谁能“躲进小楼成一统”呢？所以促进社会的进步也是追求幸福的重要内容。

而我认为，小时候，幸福是一件简单的事情，而现在，简单是一件很幸福的事。幸福不在远处，就在你我身边。

现在，越来越多的人认识到，幸福更多的是一种感受力，是有技巧的，是可以操练的。

比如，短信这样说，快乐其实不远，每天一个笑脸；幸福其实简单，凡事知足常伴；健康其实不难，遵循养生习惯；生活其实不烦，朋友就在身边；好运其实连连，皆因祝福相传。

比如，微博这样说，幸福的小秘密就是：早上八点起，晚上十二点睡；每天至少翻五页书；跑三十分钟步；对一个陌生人微笑；赞美一个人；说一句我爱你；每周至少做一次爱；每月至少有一个进步可供犒劳；每半年旅行一次；每年看一次牙医，做一次体检；至少有一人值得深爱；至少有一个爱好让你锲而不舍；至少有五个电话可在深夜打扰。

比如，微信这样说，幸福，一半靠争，一半靠随。

说来说去，幸福是每个人的权利，也是每个人的追求。幸福不幸福，不要听别人怎么说，就看你怎么想，怎么做。

在这个春暖花开的季节里，祝福你，拥有你的幸福，并且，和大家来分享你的幸福。

信仰这个东西

正月里在医院陪护家人，同病房的病人是一位村支书，他的老伴和几个女儿都是基督徒。我们刚进病房时，小女儿就递给我一本小册子让我“了解了解”。晚上十点钟，他们一家除了病床上的父亲，都开始祷告。祷告完毕，他们还要唱“圣歌”。半夜，当他们的父亲痛苦地呻吟时，他们告诉他：“你要相信，耶稣一定会救你的。这是耶稣对你的考验，你一定要坚强。”

期间，那位面目慈祥的母亲问我们：“你们有信仰吗?”我们笑了笑，没有吭声。她开始给我们讲耶稣的故事。

躺在床上的老支书做完手术，病没有减轻，半夜里常常闹起来。后来，他们转到另一个病房里去了，后来，又转进重症监护室。我们出院几天了，很惦念他们，不知道那位做了一辈子村支书的老人在耶稣的保佑下，病情是否好转。

我们住的中心医院是这两年才盖好的。在电梯间，一眼就能看到医院祈祷室的位置。这代表着医院的人性化服务理念和社会开放程度的提高。我想起我小时候，江河万里一片红。我常常去结了婚的姐姐家。他们村里有一个老婆婆信教。我们所有的小孩子都不敢跟她说话。她有时候拿出稀有的零食想接近我们，我们远远看到立马撒腿就跑，好像她是个怪物，而她的食物异常不洁。在我们的潜意识里，她就是“阶级敌人”，她就是电影《黑三角》里那个伪装成卖冰棍的老婆婆的女特务“猫头鹰”。她甚至于常常出现在我的梦中，把我从噩梦中吓醒。在我小时候，能把我从噩梦中吓醒的形象只有两个，一个是日本鬼子，一个就是那个信教的老婆婆。

三十多年过去了，那个在村里受到排挤、孤立的老婆婆已经作古多年，而我们的乡村，出现了大量的教徒。我为此常常感到历史的无常和乖谬。直到今天，近距离地接触到这一家教徒以后，我才从心底里明白，他们和我们一样，都是一些普通人，在生存的压力和生活的磋磨下，期冀寻找精神的庇护和灵魂的归宿。

我不再把他们当作异类，反而，他们诵经时那肃穆的气质以及问“你们有没有信仰”时的坦荡和自信，令我羞愧。信仰于我们而言是什么？是纠结不休的地下情，明明有却说不出口？是被责任捆绑起来的婚姻，明明只剩下一纸契约及表面完整的外壳还不能丢弃？我们为什么不能像他们一样，只追随自己心中唯一的爱与神，并在阳光下表达我们的崇拜与忠诚？

信仰这个东西，到底是个什么？信，人言也。一个人说的话应该是真实的，换句话说，相信一个人说的话。仰，古为印也，一个人站着，一个人跪着脸朝上看着站着的人。所以，从字形我们可以看出，所谓信仰，就是我们愿意相信并且无限尊崇、奉为行动指南的一些人的主张。说句不是很严肃的话，你信仰的东西不一定是你亲眼看到的，也不一定是确实可以实现的，但是只要你坚信，它就是你的信仰。信仰这个东西类似于爱情，不是有一句话这样说吗：爱情不是你看到了你才相信，而是你相信它你才可以看到它。

受历史环境与政治环境的影响，我们大多数人自小就是唯物主义者。可是如今，一部分唯物主义者看穿一切，把个人利益置于至高无上的地位，肆无忌惮，为所欲为；而一部分唯物主义者对自己当初的信仰越来越没有信心。中国人几千年来的世界观和价值体系遭到瓦解，唯物主义也显得疲软无力。社会的物质文明程度越来越高，可是人的精神文明受到的挑战越来越多。在这种社会状况下，我们该信仰什么？我们还有没有必要信仰什么？

在科技最发达的国家，唯物主义没有被当作唯一真理，科学也没有被当作唯一真理。因为科学解决不了人的内心的问题。所以，我们还是需要信仰的。物质世界的无穷探索不能替代人对心灵归宿的探寻。人需要信仰，就像人需要阳光、空气和水分一样。有信仰总归是强于无信仰的，所以社会认可人们对于宗教的信仰。我总是认为，一个人可以不选择做教徒，但是一个人不可以没有宗教情怀，乐善好施，悲悯宽容，忍辱负重，相信因果报应，这样才利于自己的生存，利于社会的和谐。

当一个教徒在非教徒面前庄严祈祷而没有被当作异端时，这才是社会正常的表现。我不再害怕那些和我信仰不同的人，甚至于不戒备他们。当护士提醒要把贵重物品锁进柜子时，我没有当一回事。因为我相信，一个虔诚的基督教徒，是不会去做这些违背道德与法律的事情的。从这一角度来看，社会需要宗教做它的平衡器，我们需要信仰做我们灵魂的导师。

密码这个东西

小时候我是在反特的电影中知道密码这个词的。而我根本不知道，个人也是需要密码的。学生时代我似乎没有自己的东西。衣服是姐姐们穿小了剩下的，没有零花钱、玩具，课外书也没有。小学到初中的日记本，都是要交给老师批阅的。后来上了师范，开始用很隐秘的词语写日记，但那时候似乎还没有带锁子的日记本——即便有我也买不起。有一天我压在枕头下的日记本从床缝中掉到下铺，少女的心事得以曝光，我被宿舍里的姐妹们嘲笑了好几天。那时候有一个学兄常常从北京写信寄给我，那些我要筛糠一般颤抖着读完的信件，也会被大家在暗中传阅。那个年代，似乎没有什么秘密可言。

快三十岁时开始使用电脑，于是我知道开机可以设置密码，邮箱需要设置密码，一些不想让别人看的文档也可以设置密码。再后来，我知道了存折要设置密码，信用卡要设置密码，网上银行、电话银行、手机银行要设置密码。再后来，我知道网上用户要设置密码，支付宝要设置密码，财付通要设置密码。再后来，我知道了QQ要设置密码，博客要设置密码，微博要设置密码。再后来，我知道，一个人没有密码就没有办法办一切事情，就没有办法生存。

人们告诉我，不能用自己的生日设置密码，不能用手机后六位设置密码，不能用家里的电话设置密码。开始我总是用孩子的生日设置密码，后来这个密码周围的人都知道了——因为我常常把密码告诉他们。于是我开始变换密码，用自己最在乎的那个人的手机号、生日来设置。这一方面我好像还很偏执。有时候用了好长时间，觉得不那么保险了，就开始加各种各样的前缀或者后缀。生活总是要发生变化的，世事难料。在某一个时候，你突然发现，你最在乎的人，不一定在乎你。一个人最在乎的，其实应该是自己。这一发现已经足以让你丧失对生活的热爱和对情感的执着。更具有悲剧意味的是，有一天你发现，曾经烂熟于心的那一组号码，突然怎么也想不起来了，而你又不能去问他。这一时刻，你不知道自己是彻底堕落了，还是有幸得到了救赎。

也许我天生不适合做一个有秘密的人。要我举例的话，那就是我常常忘记我的密码。曾经有一次，在上海浦东机场，我怎么都想不起行李箱的密码。口袋里的钱不够支付打车费了，司机用鄙夷的眼神看着我摆弄我的箱子，一言不发。幸好我口袋里还有一张信用卡，我把箱子押给司机，飞也似的找到自动柜员机取现金给他。接下来，我去托运行李，安检的人又要我打开行李箱。我觉得败兴得很，撒谎说这是帮朋友带的行李，我不知道密码。安检的人越发警惕，要我给那个“朋友”打电话，一时间我尴尬得无地自容。后来可能他们看我实在不像恐怖分子，让我到一个房子里把行李箱又扫描了一遍，这才放行。我下了飞机就开始试密码，打算从999试到000，结果不到半个小时，箱子就打开了。原来，密码就是这样一个不靠谱的东西，像锁子一样，充其量只会带来安全感却不会带来安全。

还有一次，我知道我出差期间要办理一个转账汇款，就在出差前办理了手机银行，因为这样手续费会低好多。结果不到两天，我就把我设的密码忘得一干二净。我到银行里去排队汇款，排了近乎一天的时间，才办完这个业务。更让我感到恐怖的事情是，我的博客我几乎天天登录，写了有几百篇的时候，有一天晚上突然想不起密码了，所有用过的密码都试了一遍，都不对。而我去讨要密码，竟然又让我回答密保问题。天哪，这是几年前设置的密保，我如何想得起来？我接近崩溃，愤愤地想：明明是我的博客怎么我就登录不上去了呢？这难道不是最凶恶的绑票或抢劫吗？还好，后来费了好大劲，才可以重置密码。

密码让我常常心有余悸，而不曾有一次让我真的崩溃。其实我想，密码好像就是一个人的心灵世界的某一个隐秘的角落，你不得不保护它，而你又无法完全保护它。有了它你觉得安全了，而其实你并不安全。你觉得丢了它会天崩地裂，其实耗费一番心思和时间，创伤完全可以修复如初。密码带给你的，并不是方便不方便的纠结，而是，生活需要如此，你无法逃避，只能迎面而上。

规则这个东西

春节里跟朋友聊天，一个朋友说，这个社会，你不懂得规则可以，但是你不懂得潜规则不行。一个朋友说，这个社会除了潜规则，还有规则吗？我也曾想过这个问题，可是，我没有想到，规则这个东西会如此让人重视又如此让人蔑视。

以前我常常不明白，一个人出了学校的大门，大学生也好，研究生也好，为什么迟迟不能适应社会，不能适应工作的要求。现在我想明白了，因为社会的规则和他在学校里所受的教育是不能对接的，甚至是错位的。学校里教给他的都是规则，可是，社会上常常拿潜规则来检验他，所以他不适应，他纠结，他出离愤怒，不愿意向现实妥协。所以，我们看刚毕业的学生，一方面羡慕他们向阳花木一般的蓬蓬勃勃，一方面鄙夷他们的青涩愚钝。我们的教育长时间说谎话，而且，教育的人说谎话。要命的是，我们要孩子们相信，我们的谎话真实无比。

当然最近几年可能不是这样的了，学校里的孩子也许比我们知道得还多。他们的老师一方面在讲台上给他们讲规则，一方面在生活中用实际行动给他们诠释潜规则。不独大学，中学、小学也是这样。我一问孩子班主任的电话，他就露出不屑的神情——哦，我如果再说教育上的事情就显得我不地道了，因为好多家长眼巴巴地希望老师潜规则呢。

潜规则在我们国家可以说是遍地都是。学校里有，医院里有，车站里有，机关里有，企业里有，军队里有，就连你吃顿饭，酒桌上也有潜规则。潜规则之多，常常让我们搞不清哪些是规则，哪些是潜规则。当一个人骂你“不懂规矩”时，可能正是愤恨你不懂潜规则。以前潜规则不大有人会教给你，全要靠你去尝试、碰壁，无数次灰头土脸后，你如果明白了，那还算可造之才。当然，你如果明白一次，就会一通百通，自此以后屡试不爽，一路绿灯。如果你屡屡碰壁还摸不着头脑，那没有办法，你可能适合做陈景润——不过，据说学术界现在潜规则也多得很。可怕的是，现在有些人直接把潜规则变成明规则了，微博上有人讲到一件事，说律师去给法官送卡，法官拉开抽屉，说：卡都多得没法处理了，你还是直接拿现金吧。我相信这样的事情是真实的。当这个世界变得只要拿钱就可以摆平一切时，你说可怕不可怕。

我们国家是个人情社会。我越来越不明白人情社会到底是好还是不好。好处是只要你掌握了人情社会温情脉脉面纱后面的处事规则，你就会无往而不胜。坏处是，你会发现，只要讲人情，真正的规则就会越来越少。如果有一天你的人情相对来说比较稀薄，你期望靠规则来解决问题时，你发现你处在一片荒漠中，没有什么可以让你援以为助。

近几个月网上热议的一些事情，一开始都是舆论大火熊熊燃烧，不过很快就会烟消云散。有人预言网络会极大地提高舆论监督的力量，我对此不抱乐观的态度。因为我发现，很多事情，没有悬念，不需要讲究证据，不必要对照法条，也不会有令人信服的真相——是呀，眼见都未必为真，你要的哪门子真相？

有一天，我给一位朋友转发了一条短信：“牛说：这么多人喝我们的乳汁，却没有人叫我们一声“妈”。乌贼鱼说：娘的，满肚子墨水居然也成了贼！老鼠说：为了点儿吃喝成天担惊受怕的，能不老吗？苍蝇说：我和蜜蜂的最大差别在于口味不同。鱼说：打死我也不去什么网吧！恐龙说：不好意思，死得太早了，让你们伤脑筋了！”朋友马上惊恐地打电话过来：你也抑郁啦？说点真话就要被当作抑郁症，我只有笑而无语了。

一个一个的个体组成社会，规则就是大家联系的纽带，就是维持社会不乱的秩序。整顿吏治，完善法律，宣扬道德，都不外乎是政府强化规则的手段。我们这些小百姓该怎么办？我想，规则与潜规则的明暗博弈不是现阶段的问题，是一个长久的社会问题。就像天气，即便是你站立的土地上干旱一个冬季，你也要相信这个世界上还有雪花。现阶段最现实的态度，我觉得我们应该像我的一个朋友所说的那样，一方面努力适应潜规则，一方面要努力、奋斗、真诚、善良、正直，并且，要保持内心的平衡，相信，做一个阳光、淳朴的人，就像是为社会保留一点儿稀缺的纯净空气和纯净的水，就是不辜负历史、文化千百年来在我辈身上的冲刷和积淀。

年龄这个东西

有一样东西，年少时盼越大越好，年老时盼越小越好。不用说，这个东西就是年龄。

你看，小孩子三四岁就开始羡慕爷爷的胡须、奶奶的银发，以为里面藏着讲不完的故事；五六岁就开始玩嫁娶的游戏，“郎骑竹马来，绕床弄青梅”，大红花轿抬起来，大红盖头揭起来；七八岁男孩子舞枪弄棒，想仗剑走江湖，女孩子偷穿妈妈的高跟鞋，偷擦妈妈的口红胭脂；十一二岁便振振有词：我已经长大了，不要你管；十五六岁女孩子开始留长发，男孩子想蓄小胡须，觉得父母已经老朽，什么都不懂；十七八岁，鼻孔朝天，指点河山，粪土当年万户侯。

朋友跟我说，人过而立之年，便惧怕过生日。小时候一年那么漫长，好像一个世纪。而现在呢，倏忽之间，一年就到头了，惶惶然发现无论怎么努力，都抓不住时光的尾巴。

三十多岁的日子可以无限制重复，已经跨进四十的门槛了，还以为自己才三十多岁。四十曰强，刚刚到了不惑之年，可是感觉到人生的大好年龄已经没有多少了。更年期、亚健康等等问题接踵而来。上有老下有小，人到中年的各种重负让你无可逃遁。五十六十，那更是人生关键期，转折得好，从此通达透彻，淡定从容，开启另外一个人生。转折得不好，身体、心理就像一块无法侍弄的土地，不长庄稼，只长病苦烦恼。七老八十呢，按他们的说法，就是老眼昏花，老态龙钟，万事无能为力，只能装聋作哑，每日里面南而坐，等着一路向西。

想想也是。年少时，虽然自己年岁小，可是有无限的空间可以眺望和遐想。年岁越大，虽然人生的历练越来越多，经验越来越丰富，可是你未来的空间越来越小了。越到最后，人生的不确定性就越接近于零。所谓希望，就是对那不确定性抱有的想象。没有不确定性了，人生的魅力似乎就没有了。我们常常抱怨老年人喜欢唠叨，喜欢翻来覆去“讲那过去的事情”，那是因为我们不明白，老年人的明天已经没有什么可以期待，他只能回忆他的昨天。

其实，我国古代关于年龄的说法就很好，甚至很科学：“人生十年曰幼，学。二十曰弱，冠。三十曰壮，有室。四十曰强，而仕。五十曰艾，服官政。六十曰耆，指使。七十曰老，而传。八十九十曰耄。”圣人说：“吾十有五而志于学，三十而立，四十而不惑，五十而知天命，六十而耳顺，七十而从心所欲，不逾矩。”你看看，是不是每一个年龄段都有自己不可复制的特点，都有自己的历史使命？所以，我们完全没有必要为年华的流逝而慨叹忧郁。只要珍惜生命，顺其自然，尽可颐享天年。再说，每个年龄段都可以有它独有的魅力，比如有个段子说：“一岁时，哭笑都帅；十岁时，分高就帅；二十岁时，人美就帅；三十岁时，有房有车就帅；四十岁时，有钱有闲就帅；五十岁时，头发乌黑就帅；六十岁时，腰板硬朗就帅；七十岁时，牙齿健全就帅；八十岁时，谈笑风生就帅；九十岁时，生活自理就帅；一百岁时，还能活着就帅！”这话不见得完全正确，但是告诉我们，要正确看待年龄的递增。人固然有喜欢比较的习惯，但是凡事最好横向比较，而不要纵向比较。如果四十岁还要和二十岁去比，怎么能不气馁失落呢？

现代社会关于人的年龄又多了很多新的说法，什么生物年龄、心理年龄、相对年龄等等，无非是告诉人们，要善待生命，重视健康，多做有益于社会的事，就可以提高生命质量。生命的质量重于生命的长短。只要我们活得健康、充实、快乐，又何必去计较寿命的长短呢？寿命长短大多由老天决定，我们不该去管老天要管的事情。可是，只要我们保持良好的生活方式，注重锻炼，饮食作息科学合理，老天是不会剥夺我们应该享尽的阳寿的。有道是，青天高，黄地厚，天寒日暖，来煎人寿——自然与生命息息相关，另一个自然——内心这个宇宙的环境更是关乎人的寿命，所以，心理、心态、心情，当然决定我们的生命体征。

当今社会风行养生之说，我近年来也颇关注健康科学。看来看去，忽然想到，一个人如果过分重视生命与健康，过分重视年龄这个东西，必然会失去许多做人的体验、做人的乐趣。非但如此，人与动物的区别，不但在于生命的长短，更在于，人不光讲今生的事，还要修来世的命。不光要注重生前事，更要重视身后名。就像《非诚勿扰2》里所说："死是另外一种存在，相对于生，只会生活是一种残缺。"不为一事，活到千年，也不过老鳖一个，有何意义？

生命这个东西

当一个人大哭着来到世界，迎接他的是亲人温暖的笑容和温柔的呼唤。据说，因为人生下来就是要吃苦受罪的，所以，他以啼哭开始他的一生。他的亲人怀着喜悦的心情欢迎他来到这个世界，是因为从此以后，漫漫苦旅又多了一个人陪伴。

而当一个人怀着万般不舍的心情辞别这个世界时，他的亲人围着他，悲痛欲绝。他已经离去，赎完了他前世今生的所有罪孽，彻底解脱，可是，他撇下他的亲人，让他们失去怙依，独自面对沉重烦闷的人生。所以，他的亲人难抑哀哀之情。

世界正是由这样的轮回构成的。

我从心底里不认同这个说法。

人生固然沉重，但是人生自有它的美丽和诱惑。

没有生命，人就像一块块顽石，杂陈于世，没有任何意义。而有了生命那一口灵气，人就成了一个个别具个性和特色的活体。开始接触别的人，构建一段段独特的关系，生发一个个悬疑曲折的故事，历经情仇爱恨，积淀知识智慧。让我们感谢那物理学的相对论，它告诉我们，生命之所以有意义，是相对于他人而言的。一个人只有感觉他对于另外一个人、一群人是有价值的，他才会觉得自己的生命是宝贵的。

我不能不说到在春节里发生的一件大事。当人们还在新春的喧闹中没有安静下来时，一个已过知天命之年的人从十四层楼上一跃而下，留下一个让人瞠目结舌的惊叹号和一个匪夷所思的问号。一个人走了，权力、地位、财富、美满的家庭，看起来让人艳羡的各种条件他都有了，可是他没有任何征兆地就此告别人生。

他没有留下任何遗书和遗言，但是他让我们想到，有的生命坚持留在这个世界上，是因为他具有利于别人的价值和意义。而有的生命必须以他的离去，来产生利于别人的价值和意义。

当上天降生我们时，没有给我们选择的自由；可是，一旦我们来到这个世界，我们却可以选择支配自己的生命，当然，包括放弃生命的权利——老天来收回自己的赐予那是没有办法的事情，除此以外，选择放弃的人，我相信他一定深思熟虑而非一时糊涂。有谁敢说，他们一定比我们软弱或者愚蠢？

每当路过大城市的天桥或者立交桥的桥洞，我的目光都会被灼痛。那些残疾的生命让我感觉到我的生命丰满得奢侈。一个人生下来只要肢体器官正常，我觉得已经非常幸运。而一个人如果不受到天灾以及意外事故的伤害，不遭受重大疾病的折磨，我觉得已经非常幸福。可是，最近，我才意识到，幸福没有一个固定的模本。生命不仅仅是那一个健全的肉体及那一口顺畅的“灵气”，还包括心理、思想及其所负载的社会责任。这一切如果不能匹配，不能平衡，生命将无法正常运行。

原谅我在这里把“运行”一词和“生命”搭配起来。因为我看到，本是神赋天赐应该像日升月恒一样自然、崇高、尊贵的生命，常常被当作一种被掠夺、被挤压、被轻置、被玩弄、被利用的资源。一方面，健康的孩子被拐骗致残，成为乞讨的工具，从此沦落在生活的底层。而另一方面，天生残疾的人在社会的关爱、扶持下不屈不挠，拼搏奋斗，成就让我们正常人自惭形秽的骄人业绩。生命的种种遭遇，常常令我感到震撼。

生命不能承受之轻，生命不能承受之重，生命如此尊贵而脆弱。生命这个东西究竟是本源还是只是一种载体？不想也罢。也许只有做一个看似卑微的普通人，才能享受更多生活的乐趣，让生命获得健康、美丽的延展。打打喷嚏，发发烧，挂挂吊瓶，扎扎针，斗斗嘴，吵吵架，喝喝豆浆，吃吃面，过一种世俗而正常的生活，也许才是对生命的最好的珍惜和保护。普通人，我们偷着乐吧。

碎片时代的生存

要过节了，准备发祝福短信，忽然发现通讯录里竟然有一千多个联系人。有的人加了备注，知道是何方神圣；有的人名字很熟，想不起人是谁；有的名字竟然很陌生。也许是某个特定场景中的邂逅或擦肩而过，彼此留了电话，却再也没有联系过。重要的或者亲近的人，自然要带上称谓单独发送，而大部分的人，只能是采取群发短信的方式寄送心意了。尽管没有再联系，毕竟是有缘人，在节日里送去一份祝愿是应该的，只是这美好的情愫因群发而大打折扣了。可以想见，自己过节时收到的短信，也大多是群发过来的。有人认为群发的短信是干扰，没有意义，我却认为没有必要这么矫情。这本来就是一个追求省时省力的快节奏时代，何必苛求于人呢；还有，发送一条短信，无非告诉你：我没有忘记你，有事还可以联系。自己有什么德能让所有的朋友都巴心巴肝地想念你呢。如果觉得麻烦不想回短信，也没有什么大不了的，不存在失敬不失敬之说。因为节日期间那么多短信抢占信号通道，谁又知道是他没有发送成功还是你的回复没有到达呢。呵呵。再说了，本来就是君子之交淡如水嘛。有人要相濡以沫，有人则要相忘于江湖。

其实不独是手机联系人。翻一翻，邮箱联系人、QQ联系人、博客好友、微博粉丝或者收听人，有多少人是常联系的或者相熟的呢？还有我们的同学、亲朋好友，有些人不也是好几年都见不上一面吗？这是一个注重交际的时代，人人都恨不能无限制地扩大自己的社交范围。在一次培训班上，有的人一两天内可以散发或者收到五六百张名片。这是一种广种薄收的交友方式，而真正的关系是在长期的相处或者合作中建立的。好多人只重视搜集，不注重维护或深入，再多的联系人也没有多少用处。

所以我联想到，这是一个碎片时代，大多的人只能选择碎片似的交往。我们在一次又一次的会议中频频举杯，我们在一次又一次的Party中互赠名片，我们不断地升级QQ以扩大好友上限，我们在微博上发表我们碎片般的感想或情绪，我们在节日前按下群发按键安慰我们自己的心灵。可能一切只是需要，而这一切又无法满足我们内心的需求，所以才有了这条微博冷笑话：在这个寂寞的世界，除了10086会主动给我发短信，除了10086会马上接我电话，除了10086会在乎我还有多少话费，除了10086会每个季节送来祝福，除了10086会二十四小时为我开机，一个人的世界，除了10086，谁还会想起我，谁还会在乎我？这不仅仅是一条冷笑话，事实上，在人潮拥挤的都市，在无所不及的网络，有多少寂寞的灵魂在用虚拟的网名袒露自己的寂寞和孤独？

常常回忆过去的岁月。我们秉烛夜游，达旦读《春秋》。我们和朋友插土焚香，义结金兰。我们在漫漫长夜里点上油灯或者蜡烛写长长的信，说不定还有意在信笺上弄出一点儿斑驳的痕迹。我们天天装作无意路过或替人取报纸经过收发室。我们坐几十个小时的火车奔波到另一个地方只是因为他信里流露出的情绪不好。我们写日记，一本一本地保存收藏，似乎它真能记录自己的一生并流传后世。我们海枯石烂信誓旦旦地恋爱，不是你中有我我中有你，简直就是有了你就没有了我。我们经年保持一种爱好热爱三两个兄弟。我们在果园里谈心，在田野上恋爱。女孩子为男朋友织毛衣，绣鞋垫；男孩子到准老丈人家里割麦打场做苦力。我们在春节期间一家一家地给老辈磕头，提着食盒走村穿乡看望老亲戚，在他们的热炕头上吃肥肉喝老酒。我们给孩子记日记，珍藏他的第一份手工作品第一张作业第一个学籍卡，用相机记录他学步学话的过程，在门板上画下他一点儿一点儿长高的印记……

那样的时代一去不复返了。那样的日子让我们感到我们有无限的时光可以去等待，可以渡河一般地去穿越，可以心意满满地去憧憬。那样岁月静好、现世安稳的感觉再也没有了。我们被这个碎片似的时代绑架了，忙碌、紧张、超负荷、亚健康。一方面执着地追求，一方面随时准备转身。在昨夜里抛洒泪水，在今天就又可以容光焕发。在网络上围观、激愤，在现实中冷漠、麻木。上一个马桶的时间，就可以摆脱一次失恋的打击。一个暧昧的短信，就可以抹杀自以为无比坚定的信任。我们对亲戚杀熟，跟朋友谈利益。再多的礼品，也换不来由衷的感恩。深情款款哪里去了？两肋插刀哪里去了？天长地久哪里去了？细水长流哪里去了？都被这个商业时代切成了碎得不能再碎的碎片，消失在波光闪闪的炫目之中。

也许，这个时代并不需要我们思考，网络上和手机上每天都有无以计数的碎片思想随时供我们复制和粘贴，我们只要会转发可转播就可以了。但是，我还是会不时地想想，碎片似的时代里，如何保存我们心灵的健康和灵魂的完整？如何创造我们理想的生活守护我们信仰一般的爱情？也许，想想只能是想想，但总比不想要强吧？

危机、挫折、信念与人生

这是一个危机四伏的时代。任何一个团队都没有安全带和防护网。当外界的压力扑面而来让人措手不及时，怨天尤人不是我们应该采取的态度。我们应该想到的是，真正的危机，不是来自于外部，而是来自于内部。经济大气候、宏观政策、市场变化、对手的进攻，这些可以看得见的危机，其实没有那么可怕。在山看山，人对自身的认识往往会走入误区或盲区。人可以征服悬崖峭壁，却常常会被脚下的一块小石头绊得头破血流。人极容易在熟悉的环境和舒适的温床上做美梦。猎犬在睡觉时也要把自己的耳朵紧贴地面；而骏马，必以站立的姿势来休息。时时以第三眼、第三耳来审视自己，常常保持警醒与紧张的状态，才是适应这个社会的正确态度。

“两岸猿声啼不住，轻舟已过万重山。”一觉醒来，人还是那个人，舟还是那叶舟，可是，满眼已是陌生的风景。这是美好的诗境。现实是，许多舟中人在恍惚之中还没有来得及回过神来，就已经被急流挟裹而去，从此不见踪影。文似看山不喜平，人亦如此，团队更如此。一个团队不能长时间地重复自己的过去，重复自己的市场运作模式，重复自己的产品生产模式，重复自己的经营管理模式。因为，市场大环境在变，竞争对手在变，客户的需求在变。把过去的模式重复得再好，都不是进步。所以，学习、创新、变革，才是一个团队真正的竞争力。这是一个竞争速度的时代，谁学习、创新、变革得更快一些，谁才是真正的赢家。

一个工人下班前被锁进了一个没有修理好的冰柜里。第二天，当人们打开冰柜时，这个工人已经死亡。而人们发现，这个冰柜根本就没有启动制冷功能，并且有足够的氧气。很显然，这个工人是被自己吓死的。所以，人真正的敌人，不是对手，而是自己。我们常常无法决定我们有一个什么样的对手，无法决定我们有一个什么样的生存环境，却一定能决定自身成为一个什么样的人。一个人有四个“我”，物质的我、业务的我、心理的我、思想的我。物质的我和业务的我是生存的基本条件，而心理的我和思想的我才是一个人强大有力的根本条件。一个人走夜路，吓得浑身发抖，他是被自己臆想出来的鬼怪吓坏的。而如果手中有一点儿点灯火，他就会驱除恐慌。那一点儿点灯火并不能战胜什么妖魔鬼怪，却能战胜他内心的妖魔。这点点的灯火，就是一个人的信念、希望和精神。这个社会，什么都可以物质化和货币化，但是，一定要在你的心里点亮一盏灯，一盏精神的灯。

年少的时候，我有三样东西放不下。一样是仇恨。我强烈地憎恨欺负我父母的人，恨不得与他们同归于尽。我每天想的，就是怎么才能为我的父母报仇雪恨。为此，我常常把自己想象成一个有绝世武功的女侠。一样是理想。我想成为一名无冕之王——记者，“十年磨一剑，霜刃未曾试。今日把示君，谁有不平事？”这样的诗句简直就是刻在我的心里的。我常常梦见自己的作品变成了铅字，并且一纸风行，洛阳纸贵。在梦里我都会对自己说，千万不要醒过来。因为一醒过来，我就会被失望和沮丧打倒。还有一样，就是爱。我迷失在自己的爱情理想中，千回百转，找不到一条通向幸福的出口。可是，当我长大成人后，我发现，我父母年轻时候所受的欺负，在他们的一生中，根本就不是什么大不了的事情，也没有影响他们晚年的幸福。以包容的心态看那些所谓的“仇人”，也不过是一些没有文化的乡亲。理想呢？没有走上我小学三年级时就为自己确定的人生道路，并不代表一生的失败。而感情呢？初恋时我们不懂得爱情，这是多好的一句开解和自嘲的话啊。一个人能以包容之心对待仇敌，能以自嘲的态度对待自己，才是一个人走向成熟的开始。拿得起容易，放下来难，能够放下的人，才是真正强大的人。

我是一个被夸大的人。从小我就是一个听话乖巧学习好的女孩子。长大后的我非常虚荣。也许我并不很看重荣誉，但特别看重名誉。我很在意周围的人对我的看法，生怕惹来非议和批评。我尽量做到万事不求人，但是对别人努力做到有求必应，不想得罪任何一个人。我在一切场合都温良恭谨让，以至于我的好友都要笑骂我“虚伪”。这一切到我做了单位的一把手以后，开始有了明显的变化。我远离了许多以前非常亲近的人，得罪了一些以前很要好的朋友，有了一些激烈冲撞过的同事。尽管不会亲耳听到，但是我能感到我引来的非议和垢訾并不一定少于我所赢来的赞誉。我一度非常困惑。但是我终于明白，名誉、朋友、对手真正的含意。今天，我已经不太在意别人的看法，知道名誉对于人就像鸟的美羽一样，尽管会被风雨弄脏，但是你不能为此而不选择飞翔。朋友呢？真正的朋友，是不会弄丢的。丢了的，一定不是真正的朋友。而对手呢？对手是值得我们感恩的人。我们应该感激他们的挑战为我们的提升搭建了更高的平台，他们的监督能够让我们防微杜渐不致出现大的失误，他们的挤压让我们得到了更多的支持和扶助。一个人胸怀有多大，事业就会有多大。“能受天磨真铁汉，不遭人嫉是庸才”，被一两次挫折打倒的人，注定做不了大事情。

一个人的觉悟，是需要一些条件的。我以前是一个拼命三郎，工作起来不顾一切。十年前的一天，我在一觉醒来之后不能下床行走，被背进了医院。在医院几十天以及出院后拄双拐的日子里，我对生命的思考发生了很大的变化。我从此认识到，身体健康与正常是一个人最宝贵的财富。一个人不要说对社会做贡献，能不给亲人添负担都是万幸。这个城市有多少医院和医疗所，哪一个哪一天不是人满为患？所以，一个人如果能不跟医院和医生打交道，首先就应该感到幸福。我对人生的另外的感悟，是从坐飞机的体验中得来的。身乘铁鸟拔地而起数千米甚至上万米，你思想的高度不由得不上升到另外一个层次。我看到那些高大的楼房越来越小，从豆腐块到火柴盒再到完全消失，茫茫人海被茫茫云雾完全遮盖，不由得想到，一个人不管自己把自己看得多么重要，在世界上都不过是沧海一粟，在宇宙中更是微小得难以看见。天上是否还有另外一个世界，那个世界上的人看我们人间的人，是不是像我们平时看蚂蚁一样？我们争来抢去打得头破血流的样子，他们看了会不会感到可笑？而他们对我们生杀予夺的处置，就像我们对蚂蚁一样轻而易举。天上的人动一动手指，人间的人就会生离死别；天上的人打一个喷嚏，人间就会有飓风海啸；天上的人跺一跺脚，人间就会天崩地裂。生命的骄傲与卑微感，生存的艰难与宝贵感，在起起落落间，已经渗透到我思想的每一个毛细血管里，让我不能不珍惜生命，珍惜触手可及的幸福，并且由衷地敬畏上天——虽然这个世界不一定有神灵。

“遇”之乱弹

中国人自古以来讲“遇”。遇者，相逢，不期而会也。久旱逢甘霖是遇，他乡遇故知是遇，酒逢知己是遇，遇缺补正是遇，将遇良材是遇，百世之良遇是遇……遇好了，遇对了，千秋佳话，彪炳青史，如东方朔之遇汉武帝，魏征之遇唐太宗，诸葛亮之遇刘备，姜太公之遇周武王，傅说之遇武丁，百里奚之遇秦穆王，廉颇之遇蔺相如，管仲之遇鲍叔牙，荆轲之遇渐离，伯牙之遇子期，范式之遇张伯元，黄硕之遇诸葛亮，李清照之遇赵明诚，林徽因之遇梁思成，许广平之遇鲁迅，宋庆龄之遇孙中山……

当然，遇人不淑也是遇，怀才不遇也是遇，秀才遇着兵也是遇，恨不相逢未嫁时也是遇……没有遇上，遇错了，遇糟了，血泪相和，抱恨终生，如杜十娘之遇陈甲，谢道蕴之遇王凝之，柳如是之遇钱牧斋，徐志摩之遇陆小曼，比干之遇纣王，韩非之遇李斯，岳飞之遇秦桧，白蛇许仙之遇法海，牛郎织女之遇王母娘娘……可叹如尾生，抱柱而溺，宁是因为没有遇上一个有情有信的佳人；可怜如陆游唐婉，被棒打鸳鸯之后又来一次沈园邂逅，惆怅伤感，肝肠寸断，虽然留下了千古绝唱《钗头凤》，但是唐婉自此郁郁寡欢，怏怏而卒。这一遇，怎不如不遇！可谓遇能生人，遇亦能杀人！

有一种缘分，难以用遇或者不遇来概括。比如说，李隆基与杨玉环，两人情深意笃，“在天愿做比翼鸟，在地愿为连理枝”，可谓千载难逢的佳偶。如果在现在，唐明皇完全可以像温莎公爵一样不爱江山爱美人，杨贵妃就不必“宛转蛾眉马前死”了。他们是遇对了人遇错了时代。还有宝哥哥和林妹妹，也是天上人间少有的情种，偏偏遇错了环境，最后落得个空负了“木石前盟”。再说莺莺遇上张生，爱情成功战胜礼教，有情人终成眷属，本应是皆大欢喜，怎奈最终是所托非人，始乱终弃。前半部是人间天籁，后半部是凡尘俗事！还有蔡文姬之遇曹操，曹操成就了她的艺术事业，同时又拆散了她深爱的家庭，幸之还是不幸？恐怕不是简单的一句话。

虽说“遇”有“不期而会”之意，然人终非日月草木，全赖造化摆布。要想所图成功，须尽人事须要经营。你看那诸葛孔明躬耕南阳身处草庐，姜太公渭水垂钓，虽是不为之态，实为待价而沽，就像蜘蛛结网是为了捕虫，就像外国人看我们中国的隐士，是山里的清泉等待着流入市井啊。不如此刘备和周武王是不会来的。再说司马相如如果不是操琴高手，没有一曲《凤求凰》，怎能打动卓家千金放弃富贵生活与他夜奔而去，继而当垆卖酒呢？说到卓文君，不能不多说两句。司马相如发达之后，也想停妻再娶，他刚用一封数字信“一二三四五六七八九十百千万”表露出他的“无意(亿)”，冰雪聪明的卓文君当即回了一封《怨郎诗》：“一别之后，二地相悬。虽说是三四月，谁又知五六年。七弦琴无心弹，八行书无可传，九连环从中折断，十里长亭望眼欲穿。百思想，千系念，万般无奈把郎怨。万语千言道不完，百无聊赖十凭栏。重九登高看孤雁，八月仲秋月圆人不圆。七月半，秉烛烧香问苍天，六月伏天人摇扇我心寒。五月石榴似火，偏遇阵阵冷雨浇花端。四月枇杷未黄，我欲对镜心意乱。忽匆匆，三月桃花随水转，飘零零，二月风筝线儿断。噫，郎呀郎，巴不得下一世，你为女来我做男。”这一怨，令司马相如羞愧万分，也挽救了他们濒临破产的爱情佳话。没有卓文君的聪明才智，世界上只不过又多了一个负心汉陈世美和一个弃妇秦香莲而已。所以，并非所有的事情都是可遇不可求的，遇上的倒霉事也并非都是不可逆转的。

机遇有时要等待，有时要创造，有时要争取，有时要当机立断迅速把握，有时又要及时放手，有时放弃也是机遇啊。你看那个倒霉鬼尾生，死死地抱着一根柱子等他的情人，结果活活被淹死。他觉得他很伟大呢，可是他从此失去了生命，也失去了爱的机会。你看刘备为了请诸葛亮下山，为了笼络关羽张飞，唱够苦肉计苦情戏。曹操呢？曹操为了得到关羽，不惜赐予爵位、金钱、美女，但关羽还是封金挂印而去。曹操难道不能奈关羽如何？非得放关羽不可？曹操放了关羽，也放了自己，华容道关键之处，曹操虎口逃生，不是命大，是他的通达明白所致啊！

机会是一只飞过空中的小鸟啊，看见它，靠运气靠机遇；抓住它，靠事先的准备；失去它，也不要一味地盯着高空怨天尤人，因为如果这样，你会连下一只鸟也要失去啊！

双升级

在当今凡夫俗子的娱乐中，有两项非常大众的方式，那就是打麻将与玩扑克。扑克较之麻将，让人亲近又不生龌龊之心，且不必提防被抓赌。虽然我不曾细考扑克发明于何人之手，但心中却对他充满了敬佩与感激。因为打扑克，是我最感兴趣的消遣方式。

扑克有百余种玩法，双升级是最基本最普及的一种，大有与麻将分庭抗礼之势。双升级指用两副扑克打升级，一般从三开始，升至王。双升级俨然一个小王国，等级分明，壁垒森严：王有大小之分，牌有主副之别，一级压一级，完全没有越级越权之说。打家当然希望手中的主牌多多益善，大大益善。这是实力的较量，也是信心与士气的来源。这和战争有一种契合的意味。你看那些兵强粮足的将帅，哪个不是趾高气扬，踌躇满志？

主的多少大小是一个方面，牌的组合也很关键。双升级比单升级有趣的一点儿是可以出对，还可以出姊妹对。姊妹对也叫“拖拉机”，也就是相邻的对子大于任何不相邻的对子。主里面有拖拉机，杀伤力更大。使用巧妙，通常可以拖下大主来。这种打法，颇能体现出集团效应来，使“蚍蜉撼大树”成为可能。“王侯将相宁有种乎？”“拖拉机”拖得你毫无脾气。时下有几句话，不说那“提了溜须拍马的”，也不说那“苦了当牛做马的”，只说那“整了单枪匹马的”，本来嘛，唯物史观认为人民群众是历史的创造者。

我们玩的双升级里还有一个挺出彩的招儿叫“反”。庄家定好主留好底以后，对方可以反成别的主，当然这个“反”有严格的条件。反了以后，反方可以拾庄家的底，重新留底。这一招像绊马索，常常会弄得庄家人仰马翻。如果预测不准，很有可能将反的主全留底。即使预测得差不多，对方如果从底牌里拿到刚好能凑成“拖拉机”的牌，那就够庄家受得了。所以，一般来说，如果有反的条件，都会当仁不让，毫不留情。所谓“舍得一身剐，敢把皇帝拉下马”。即使不成功，也要成仁：让庄家难受难受。

双升级里还有一个词叫“憋死”。如果庄家没有条件亮不起主，那就叫被“憋死”，倒退一级，让对方坐庄。这比输还要惨。所以庄家摸牌时，通常都会心跳加快，生怕被取消“发球权”。

双升级好比人生，打的是天时地利人和。天时决定你的运气，地利指的是你坐的位置，人和指的是你和对家能否心有灵犀，配合默契，抓准每一个制胜的机会。但是，输赢又不是由天时地利人和简单相加所决定的，有许多因果根本没法解释。所以，双升级里也有时乖命蹇之恨，怀才不遇、遇人不淑之怨。

双升级还要比心态，要输得起赢得起。有些人输几次就萎靡不振，方寸大乱。殊不知打牌也是山不转水转，三十年河东三十年河西。只要你不放弃，抓住每一个可乘的机会，就会有时来运转的一刻。有些人赢不起，一看牌很好，便得意忘形，以为胜券在握，打起来满不在乎，结果葬送了大好河山。或是本可以升一级的牌，想升两级，圈圈出大，毫不手软，结果打得“脱靶”，只好败走麦城徒留遗恨。这种人“命穷心狠”，不知道得饶人处且饶人。有两条至理名言我体会得最深，一条是“怀道者待世，抱朴者待工”，另一条是“慎重则必成，轻发则多败”。牌中有趣，更有理。

打牌颇见性情。有人要赢就轰轰烈烈，要输就一败涂地；有人只求赢，并不在乎牌的最好利用，技术的最好发挥；有人粗枝大叶；有人谨小慎微；有人狠毒；有人仁让；有人黠慧；有人憨拙；有人偷鸡摸狗；有人光明磊落；有人斤斤计较；有人豪达放任……如果有言语俏皮、诙谐幽默的牌友在座，那就更有情趣。

我写了这篇文章，只是因为我打牌打得投入，自以为悟出了一些人生的道理。但双升级打了十几年，十几年哪，女足在玫瑰碗踢了个世界亚军，小干事也能弄个科长当当了，但我还是不敢说我牌打得好。这就是双升级吸引人的地方，没有永久的庄家，铁杵不一定磨成针，打的就是此一时彼一时的运气，磨炼的是人的脾气秉性，还有，真正的学无止境。

附　录

边走边唱

安武林

屈指一算，和张梅霞认识三十年了。感叹一声：人生有几个三十年?！所以，我很珍惜这弥足珍贵的友情。她要出两本散文书，我责无旁贷要写一点文字，来表达我对她和她文字的认识与感悟。

梅霞是我认识的异性朋友中很优秀的一位。我很钦佩她。我觉得她的人生之路，颇有励志的作用。至少，我是暗暗以她为楷模的。她在人生的路上，摸爬滚打，每一步都走得很坚实。她有理想，但不空想；她喜欢给自己制定目标，持之以恒，使其实现。她身上有许多优秀的品质：朴实，真诚，坚韧，顽强，乐观，豁达。我觉得，这些优秀的品质决定了她的人生，也成就了她的事业。

我们相识于1980年代中期，当时，我在职业中学读书，她在师范学校读书，我们都是文学青年。那个时候，我们都开始发表作品了。在80年代末期，我从山西到山东读大学，毕业后去了陕西工作，进工厂做了秘书；而她去了小学生拼音报社，做编辑。再度相逢，我们一个是编辑，一个是作者。所以，开始了密切的联系。

她从编辑，做到了编辑部主任。那时候的她基本上不写东西了，一门心思放在工作上。即便偶尔有感想写点文字，也存起来，不去投稿。我一直觉得她很可惜，放弃了自己的文学创作。我劝她不要放弃创作，她苦笑着对我说："哎呀，一摊子事，顾不上啦!"的确，小学生拼音报社的工作我是知道的，那么一张地方小报，后来发展成一张全国知名的报纸，与她还有他们这个团队的一代又一代人的共同努力、打拼是分不开的。她为了报社的工作，也拉着我做了两年的兼职编辑，负责文学版块。

后来，她做了报社的掌门人，报社的编辑部也从运城迁移到了太原。她吃了多少苦，受了多少委屈，我是心知肚明的。但她是一个很要强的人，犹如岩石一般，是不屈服、不妥协的。有了博客以后，她也拉拉杂杂开始在上面写了一些文字，一晃多年，现在这些浸透着她感情和心血的文字终于结成集子了，我是打心眼儿里替她高兴的。

我看了一下她的两本散文集，觉得她是做了精心选择的。如果把和工作有关的那一块随感加上，那恐怕出五六本都打不住。她选择的是纯粹的散文，其中有游记、随笔、抒情和叙事的散文。因为一直很关注她，所以，对她作品的风格和特色是非常熟悉的。

梅霞的散文，最能和读者发生共鸣的，就是她写亲情的版块。古人说，文以情动人，这是一个写作的真理。她的亲情散文，朴实，真诚，不假雕饰，属于真情的自然流露。因为是朋友，所以读起来格外有感觉。或者心酸，或者感动，或者沉重，或者欣喜，那份浓浓的亲情和浓浓的乡情都是我极其熟悉的。有时候，我觉得她对亲情是有一份歉疚之情的，因为她忙工作，忙事业，很难兼顾到亲人。所以，她的文字之中除了那份娓娓道来的细致之外，似乎隐隐地有些不安的情绪。也许，这些文字成了她弥补歉疚的最佳方法。

梅霞的古诗文功底很好，她每天都坚持晨诵，而且带着数千人在微信群里晨诵，很了不起。她古诗文的功底，给她的游记散文增色不少。虽然她并没有引经据典地使用古诗文，但是，她文字的灵动、从容、飘逸、细致，以及意境的优美，都是有源头的。我相信这都是古典文学的滋润。在她的散文中，唯有游记这一部分，她写得文采飞扬，语言华美，这一定是大自然赋予她的灵性。像她这么一个长期忙于工作的人，一到大自然中，那份欣喜，那份激动，那份陶醉，是会很自然地流淌出来的。可以说，大自然洗去了她的疲惫，洗涤了她的心灵。我似乎从这些文字中听到她爽朗的笑声，这与她写亲情那些凝重的文字是大不相同的。其实，很多年前，我就看到过她在《随笔》杂志上发表的文字，当时我很惊叹，她能写出那么优美的文字来，而我，是无论如何也做不到的。

梅霞是个很重感情的人，无论是亲情，友情，还是爱情。她写亲情的那部分散文，可以略见一斑。只有在大自然中，在那些游记散文中，她才是一个纯粹的人，所有的情感纠结都放下了。但她是一个母亲，一个妻子，一个职场上有成就的女性，所以，她总会有很多很多的感慨和人生的感悟。她的那些随笔，都是她的思考、感悟，她是一个喜欢思考的人，有责任感的人，有忧患意识的人。多年来，我们交流过很多话题，孩子的教育、代沟、人生、理想、工作、事业，有时候还会争得面红耳赤。许许多多的观点，她在随笔中已经表达得很透彻。所幸的是，她不仅敏于思考，而且非常勤奋，及时地把自己的感受和认识写了下来，陆陆续续贴在博客上。从这一点上说，她与我，都应当感谢现代的网络，为我们保存了思想和人生的轨迹。

她的文字如她的人一样，都是阳光的，温暖的，乐观的，积极进取的。三十年来，我们一直都在朝着自己的理想奋进，彼此关注着对方。我知道，文学一直是她的一个梦，但她并不会把这个梦当作人生唯一的理想。她是媒体人，推广人，管理者，身上还有很多荣誉和光环，所以，能出这么两本散文集，我想这是她对自己三十年来的一个总结，是对文学表达她的爱，是写给文学厚厚的情书。这是一份最纯洁最神圣的情感。

后　记

人到中年梦未央

一辈子做过的梦，数也数不清。做得最长最深，久久都醒不过来的一个梦，便是“作家梦”了。还记得年轻时，清晨睁开眼睛，恨不能再次返回梦乡。因为在梦里，方格稿纸写的习作变成了铅印大作，那是一纸风行啊。

我曾经写过一篇文章《我们曾是诗孩子》。如今四五十岁的人中，有相当一部分人年少时都有过一个文学梦。在那个贫瘠的时代，这个梦让粗食布衣的年轻人思想蓬勃精神旺盛。这么多年过去了，有的人修得正果，有的人被案牍之劳消磨掉了热情，而有的人呢，还在痴痴地继续着那个亦真亦幻的梦。

我就是这后面的一类人。

人到中年，已然明白，人生很多事情，只能随缘而已。虽然还未到做结语画句号的时候，但是，有些梦，看起来也只能是梦而已了。

然而，我庆幸我还有这样一个梦。

有这样一个梦，我才得以保有一种理性观察、思考的习惯，得以保有一种感性体验、表达的习惯，得以保有一种随时书写、记录的习惯，得以保有一种对己、对人、对自然敏感与悦纳的习惯。

有这样一个梦，我才能在负重前行中感受到那么多爱，那么多乐趣，那么多美，以及那么多小确幸。

有这样一个梦，我才能理解到，有遗憾的人生也值得频频回头，也值得品咂与咀嚼。

非常感谢北岳文艺出版社为我出版这两本小册子——在此之前，我犹豫了好几年：要不要出版？值不值得出版？遇到他们，我终于下了决心。这样的小册子和我的文学梦，和文学还相距甚远，但，以此来纪念那些激情燃烧的岁月，我觉得还是有意义的。

感谢山西师范大学我的老师和同学们。这么多年，我和大家交往不多，有的人甚至毕业后再没有见过面，但我知道，你们心里，还有当年的我。是当初你们的偏爱，鼓励我一直不曾放下手中的笔。

有朋友说，从我的文字中，能看到一个字：“真”——真人、真情、真文字。感谢赵学文老师和老友安武林为我作序、作评。我知道你们是认真的，也是投入了感情的。在你们，在许多亦师亦友的人面前，我是透明的，也是简单的。

“谁谓河广？一苇杭之。”最后要感谢的，是我写下的那些文字。我永远记得你们陪伴我、温暖我、渡引我的那些日子和那些旅途。

人到中年梦未央，心有青莲吐芬芳。

是为后记。

张梅霞

2017年元旦